AF214875

BRATKARTOFFELN
MIT CHAMPAGNER

Helmut Exner

BRATKARTOFFELN MIT CHAMPAGNER

...und ein bisschen Mord

Bibliografische Information der Deutschen Nationalbibliothek
Die Deutsche Nationalbibliothek verzeichnet diese Publikation in der Deutschen Nationalbibliografie; detaillierte bibliografische Daten sind im Internet über **http://dnb.d-nb.de** abrufbar.

Bratkartoffeln mit Champagner

2. Aufl. 12/2021

ISBN 978-3-96901-029-7

Dieser Titel ist auch als eBook erhältlich
in den Formaten ePub und Kindle.

© 2021 by Helmut Exner

Abbildungsnachweis:
Hintergrund »Vintage Boards« © Photo-Mix | pixabay.com
Blutflecken © Olga Nikonova | #316181546 | shutterstock.com
Bratkartoffeln © HandmadePictures | #109611116 | shutterstock.com
Champagner © Andrey Armyagov | #61725787 | shutterstock.com
Autorenfoto © Ania Schulz | as-fotografie.com

Lektorat & DTP:
Sascha Exner

Druck:
WIRmachenDRUCK GmbH, 71522 Backnang

harzkrimis.de ist ein Imrint von

EPV Elektronik-Praktiker-Verlagsgesellschaft mbH
Obertorstr. 33 · 37115 Duderstadt
Fon: +49 (0)5527/8405-0 · Fax: +49 (0)5527/8405-21
E-Mail: mail@harzkrimis.de · Web: harzkrimis.de

»Das ist hanebüchener Unsinn!«

»Aber Fräulein Höschen, wenn ich es Ihnen doch sage.«

»Das ist ja der Punkt. Gerade, weil *du* es mir sagst. Bei jedem Anderen würde ich vielleicht ernsthaft darüber nachdenken, ob etwas dran ist. Aber du beweist mir seit über dreißig Jahren immer aufs Neue, dass du der mit Abstand albernste Mensch bist, den ich kenne.«

Lilly saß in ihrem Garten am Berg mit ihrem ehemaligen Schüler Antek Spielmann zusammen. Sie war lange Zeit Lehrerin am Gymnasium in Clausthal-Zellerfeld gewesen, aber aufgrund ihres Alters von mittlerweile sechsundachtzig Jahren bereits seit mehr als zwei Jahrzehnten pensioniert. Während ihrer Jahre als Lehrerin hatte sie diverse Direktoren in den Wahnsinn oder in die Frühpensionierung getrieben, sich mit Kollegen angelegt und mehrere Schülergenerationen das Fürchten gelehrt. Dabei konnte sie auch ganz liebenswürdig und herzlich sein, vorausgesetzt, man war ehrlich und freundlich zu ihr. Wer jemals ihren Namen aussprach wie *Hös*-chen statt *Hö*-schen, war bei ihr sowieso unten durch. Sie hatte immer als Emanze gegolten, die sich nie an einen Mann gebunden fühlte und darauf bestand, mit *Fräulein* angeredet zu werden, um ihre Unabhängigkeit zu demonstrieren. Ihr Freundeskreis war begrenzt, und ihre Familie bestand nur noch aus ihrem Großneffen Amadeus, den sie seit seinem zwölften Lebensjahr großgezogen hatte. Amadeus wohnte in Goslar und hatte eine reizende Frau und eine kleine Tochter, die auch Lilly hieß.

Antek war ihr Schüler gewesen. Früher immer der Klassenclown, hatte sich bei ihm als Erwachsenem nichts an seinem Hang zur Albernheit geändert. Wenn er jemandem eins auswischen konnte, tat er es. Mal schickte er seinen ehemaligen Chef und späteren Konkurrenten von Krakau aus mit dem Taxi statt zu dem gewünschten Ziel in Polen in die Slowakei, damit dieser ein wichtiges Geschäft nicht tätigen konnte; ein andermal brachte er einem Chinesen, der der deutschen Sprache nicht mächtig war, bei, die Leute mit *Ich habe keine Unterwäsche an* zu begrüßen. Er warf in einem Kaufhaus auch schon mal ein paar Hundert Bälle von der Empore in die Lebensmittelabteilung oder nahm im Springbrunnen mitten im Ort aufgrund einer verlorenen Wette ein Bad in einem Borat-Badeanzug. Antek war jetzt Mitte vierzig und wohnte abwechselnd in Krakau und in Lautenthal. Mutter und Großmutter hatten hier ein Haus an der Promenade. Er war ungebunden und arbeitete mal in Polen, mal in Deutschland oder sonst wo in der Welt. Lilly redete ihn gern mit *schlitzohriger Hallodri* an, weil sie immer damit rechnen musste, dass er sie auf die Schippe nahm. Dass sie ihn in Wirklichkeit mochte, versuchte sie geflissentlich zu verbergen.

Normalerweise mied er ihre Gesellschaft, weil er ihrer Autorität und ihrer spitzen Zunge nicht recht gewachsen war, was angesichts seines Selbstbewusstseins etwas heißen wollte. Heute allerdings war er zu ihr gekommen, um sie über eine völlig verrückte Geschichte zu informieren in der Hoffnung, dass sie hier vielleicht Rat wusste. Es ging um zwei Mitschüler: Sibylle und Manfred. Lilly hatte die beiden, ebenso wie Antek, jahrelang unterrichtet. Sie alle hatten ihren anspruchsvollen Englisch-Leistungskurs überstanden. Auch wenn Lilly es nur selten gezeigt hatte, wusste Antek, dass sie diese drei Schüler immer gemocht hatte. Und wenn sie jemanden mochte, dann fühlte sie sich ihm auch über die Schulzeit hinaus verbunden. Zu Antek hatte sie des Öfteren mal Kontakt, weil man sich in einem so kleinen Städtchen wie Lautenthal immer mal über den Weg läuft. Und wenn Antek in Polen oder anderswo in der Welt seiner Arbeit als Maschinenbauingenieur nachging, traf Lilly ab und zu seine Mutter oder die Oma, die ihr über Antek Bericht erstatteten.

Antek hatte seiner alten Lehrerin berichtet, dass Sibylle und Manfred vor über zwanzig Jahren nach Amerika gegangen waren und dort geheiratet hatten.

»Das ist mir bekannt«, hatte Lilly knapp geantwortet.

»Was Sie aber nicht wissen, ist, dass Sibylle vor einiger Zeit damit angefangen hat, Menschen ins Jenseits zu befördern.«

»Erstens glaube ich dir das nicht, und zweitens wäre die Polizei dafür zuständig, wenn dem so wäre.«

»Das ist ja der Punkt. Die Polizei weiß es nicht.«

»Also, bevor wir hier eine Rätselstunde einlegen, erzähl einfach mal, was du weißt. Ich werde mich bemühen, dich nicht über Gebühr zu unterbrechen.«

»Gut. Als die beiden heirateten, waren sie schon eine Ewigkeit zusammen. Ich hatte so meine Befürchtungen, dass ihre beste Zeit bereits hinter ihnen lag. Sie bekamen eine Tochter. Patricia ist heute neunzehn und genauso hübsch wie ihre Mutter. Ich habe die Drei vor etwa zehn Jahren mal in Kalifornien besucht. Es ging ihnen wirtschaftlich einigermaßen gut. Die Beziehung schien mir damals schon etwas angekratzt. Beide waren ja schon immer Exzentriker und haben diese Eigenschaft im Laufe der Jahre kultiviert. Wir haben dann einen lockeren Kontakt gehalten und uns vielleicht dreimal im Jahr E-Mails geschickt. Tja, und vor Kurzem erhalte ich eine Mail von Sibylle, dass sie jetzt in Deutschland seien. Also habe ich sie besucht.«

»Wo wohnen sie denn?«

»Ganz in der Nähe. In Duderstadt.«

»Und was machen sie da? Womit bestreiten sie ihren Lebensunterhalt?«

»Manfred hatte in Amerika zuerst weiter studiert, hing das Studium aber an den Nagel. Er musste die Familie ernähren, damit Sibylle ihren Bachelor und dann ihren Master in Kriminalistik zu Ende bringen konnte. Manfreds große Leidenschaft war ja schon immer das Kochen gewesen. Er wurde in Amerika zu einem gefragten Küchenchef. Allerdings gelang es ihm nicht, seinen Traum vom eigenen Restaurant zu realisieren. Das hat er jetzt in Duderstadt geschafft. Nichtsdestotrotz kostet es einen Haufen Geld, ein Spitzenrestaurant mit allem Drum und Dran zu eröffnen und die erste Zeit zu überstehen. Sibylle hatte in Amerika einige Zeit für die Polizei gearbeitet, um dann zu einem dubiosen privaten Unternehmen in der Sicherheitsbranche zu wechseln. Anscheinend hat sie da sehr gut verdient. Als ich sie mal fragte, was sie dort gemacht habe, sagte sie in ihrer verblüffend offenen Art, sie hätte unliebsame Zeitgenossen aus dem Weg geräumt. Natürlich habe ich ihr kein Wort geglaubt. In Deutschland hat sie in ihrem Beruf keine Chancen mehr. Für den Polizeidienst ist sie zu alt, und in der privaten Wirtschaft sieht es erst recht düster aus. Als Manfreds Restaurant zunächst nicht so gut anlief – seine Preise sind ja auch gesalzen und so viele Gäste fahren nicht stundenlang in die Provinz, um essen zu gehen –, hat Sibylle offenbar damit angefangen, Aufträge ihrer alten Firma aus den USA in Deutschland zu erledigen.«

»Willst du mir etwa sagen, dass sie Menschen für Geld abmurkst?«

»Genau das.«

»Antek, das ist absurd. Ich habe Sibylle zwar seit über zwanzig Jahren nicht mehr gesehen und weiß nicht, wie sie sich entwickelt hat, aber das glaube ich nicht.«

»Habe ich zuerst ja auch nicht. Bis ich neulich wieder bei ihr war. Manfred stand in der Küche – offenbar läuft es jetzt richtig gut – und ich war mit Sibylle oben in der Wohnung. Sie klagte mir ihr Leid, dass ihr Computer nicht funktioniere. Ich bot ihr an, ihn mir mal anzusehen, und fragte, ob sie eine Sicherungskopie gemacht hätte. Hatte sie. Vorsichtshalber machte ich noch eine und steckte den Stick in meine Tasche. Ich bekam den PC in kürzester Zeit wieder zum Laufen. Allerdings vergaß ich, Sibylle den Stick mit der Kopie zu geben. In meiner unbändigen Neugier habe ich mir den Inhalt ihrer Festplatte zu Hause angesehen… und war schockiert.«

Das Restaurant lag außerhalb des Städtchens. Es war ohne hin klar, dass man nicht von den Einwohnern und Besuchern des Ortes leben konnte. Als ganz spezieller Gourmet-Tempel brauchte man ein überregionales Publikum, Menschen, die bereit waren, für ein außergewöhnliches kulinarisches Erlebnis auch mal eine längere Fahrtstrecke auf sich zu nehmen. Hier draußen vor den Toren der wunderschönen kleinen Stadt mit großem Fußgängerbereich hatte man keine Parkplatzsorgen und zudem ein herrliches ländliches Ambiente. Das alte Landhaus war komfortabel restauriert und eingerichtet worden. Alles so zu gestalten, wie es Manfred und Sibylle gefiel, hatte ein mittleres Vermögen gekostet. Ihre Reserven waren aufgebraucht. Jetzt musste es laufen. Aber in den ersten Wochen war es eher ruhig. Es dauerte erfahrungsgemäß seine Zeit, bis es sich herumsprach, was die Gäste hier erwartete. Da half auch keine Werbekampagne. Man wollte ja nicht die Masse, sondern ein ganz besonderes Publikum erreichen. Also musste Sibylle, wie immer, dafür sorgen, dass man die erste Zeit unbeschadet überstand. Schließlich konnte man auch nicht die mühsam gewonnenen Mitarbeiter kündigen, die zunächst nur Kosten verursachten. Wenn es richtig lief, waren sie unverzichtbar. Die Durststrecke lag jetzt hinter ihnen. Es gab mehr Reservierungen als Plätze im Lokal. Mittlerweile gab es Wartelisten. Das Konzept war aufgegangen. Man öffnete nur abends, und es gab jeweils nur ein Menü. Es wurden auch nur zwei Weine angeboten, speziell für dieses Restaurant gekeltert, aus dem Fass. Man hatte auch nur zwei Biere im Angebot, die in der Region gebraut wurden. Die wenigen Schnäpse, die offeriert wurden, destillierte Manfred selbst. Das alles hatte seinen Preis. Ein Menü mit Wein und zum Abschluss einem Kaffee und einem Digestif kostete meist um die hundert Euro, manchmal auch wesentlich mehr. Es gab nur sechsunddreißig

Plätze im Restaurant. Für geschlossene Gesellschaften hatte man noch einen separaten Raum mit weiteren fünfzig Stühlen.

Manfred ließ es sich nicht nehmen, jeden Abend mehrmals durch das Restaurant zu gehen, um seine Gäste persönlich zu begrüßen, sich nach ihren Wünschen zu erkundigen und etwas über das spezielle Menü zu erörtern. Fast immer kam er glücklich in die Küche zurück, nachdem er huldvoll die Lobeshymnen der Gäste entgegengenommen hatte. Heute war er allerdings etwas verstimmt. An einem Tisch saßen ein dickbäuchiger Neureicher und seine Begleiterin, ein spindeldürres Gewächs, hässlich wie die Nacht. Die Frau, die vielleicht Mitte dreißig war, aber aussah wie seine abgemagerte Großmutter mit siebzig, wollte das Menü nicht, sondern etwas Veganes.

»Wir sind kein veganes Restaurant, meine Dame. Alles, was ich Ihnen in dieser Hinsicht bieten kann, ist ein Salat.«

»Ja, das reicht mir auch. Aber bitte ohne Dressing oder Öl.«

»Verzeihung, ein Salat ohne Dressing und Öl ist nichts anderes als Ziegenfutter. Lassen Sie mich wenigstens etwas Basilikumschaum an den Salat mischen, der ein paar Tropfen meines selbst hergestellten Walnussöls enthält.«

»Nein, auf gar keinen Fall.«

Der Mann wünschte sein Kobe-Steak nur von einer Seite gegrillt, und zwar exakt eineinhalb Minuten. Die andere Seite sollte roh sein.

Manfred drehte sich bei der Vorstellung der Magen. »Sind Sie sicher, dass Sie die Königsklasse des Rindfleischs roh verzehren möchten? Der Geschmack dieses grandiosen Fleisches kommt erst zur Geltung, wenn es von jeder Seite mindestens drei Minuten auf dem Grill liegt.«

»Ich weiß schon, was ich will.«

Manfred ließ der Dame das Ziegenfutter genau so servieren, wie sie es wünschte. Das edle Steak grillte er eine halbe Minute länger, weil es einfach grauslich aussah. Als er kurz danach durch das Lokal ging und sich erkundigte, ob es den Herrschaften schmeckte, sagte die Frau: »Da ist ja Feldsalat drin. Den mag ich ganz und gar nicht.«

Ihr dicker Begleiter monierte: »Das ist nie und nimmer vom Kobe-Rind.«

Jetzt riss bei Manfred die Hutschnur. Er stand vor der Wahl, die Gäste anzuschreien und sie hinaus zu werfen oder Haltung zu bewahren und sie so zu behandeln, wie sie es verdienten. Er entschied sich für Letzteres.

»Meine Herrschaften, um Gästen wie Ihnen gerecht werden zu können, habe ich einen ganz besonderen Raum eingerichtet mit ganz außergewöhnlichen Speisen. Das geht natürlich aufs Haus. Wenn Sie mir bitte folgen würden.«

Etwas skeptisch erhoben sie sich und folgten Manfred über den Hof. Er hatte am Ende des Grundstücks einen Ziegenstall auf einer großen Weide, wo er die Tiere bis zur Schlachtreife aufzog. Er schloss auf und betrat mit den Gästen den Schuppen.

»Hier stinkt es ja«, sagte die Frau, und der Dicke traute seinen Ohren nicht, als eine der Ziegen ihn anmeckerte. Manfred deutete auf die Futterkrippe, die allerlei rohes Gemüse enthielt und sagte zu der Frau: »So, meine Dame, hier dürfen Sie sich nach Herzenslust bedienen.«

Und zu dem Mann sagte er: »Und wenn Sie Appetit auf rohes Fleisch haben, dann beißen Sie doch einfach einer der Ziegen in den Arsch. Ich werde Sie in einer halben Stunde wieder abholen.«

Er verließ den Stall so schnell, dass die beiden verwunderten Gestalten ihm gar nicht folgen konnten. Das Schloss schnappte zu und er verschwand. Als er nach einer halben Stunde zurückkam, bollerte der Mann an die Stalltür. Manfred öffnete und musste dem Kerl ausweichen, der ihm einen Schlag versetzen wollte und brüllte.

»Sie werden von unserem Anwalt hören. Das ist Freiheitsberaubung! Ich werde dafür sorgen, dass Sie nie wieder einen

Kochlöffel schwingen. Holen Sie gefälligst unsere Mäntel. Wir gehen.«

Manfred antwortete freundlich lächelnd: »Ich hoffe, es hat Ihnen geschmeckt. Wenn Sie mal wieder Appetit auf Ziegenfutter und rohes Fleisch haben, wissen Sie ja, wo Sie uns finden. Ihre Garderobe liegt bereits auf der Straße. Einen schönen Abend noch.«

LAUTENTHAL

Lilly war neugierig geworden. Sie bestand darauf, dass Antek ihr alles erzählte und sie über den Inhalt von Sibylles Computer informierte.

»Fräulein Höschen, es ist mir ein Rätsel, warum Sibylle, die ja immerhin Kriminalistin ist, überhaupt so heiße Daten auf ihrem Computer hat. Sie hat zwar die bestmöglichen Vorkehrungen getroffen, dass man sie nicht hacken kann. Aber was ist im Netz schon sicher? Ganz abgesehen davon, dass man Computer stehlen kann oder, wie in diesem Fall, den Inhalt kopieren.«

»Was hast du denn nun konkret entdeckt?«

»Es gibt E-Mail-Verkehr mit jemandem, dessen Absender ich nicht identifizieren kann. Ich weiß nur, dass diese Mails über Umwege aus den USA kommen. Es ist alles schön unverfänglich formuliert. Worte, die bei der automatischen Sicherheitsprüfung der Geheimdienste auffallen würden, werden nicht benutzt. Es geht inhaltlich um eine Beratungstätigkeit. In diesem Zusammenhang werden auch Honorare in Höhe von dreißig- bis fünfzigtausend Dollar genannt. Das einzig Auffällige ist, dass dann plötzlich, wie aus dem Zusammenhang gerissen, Namen und Anschriften von Leuten genannt werden. In den letzten drei Jahren wurden die Namen von sieben Personen in den USA und einer in Deutschland genannt. Ich habe diese Namen recherchiert, und jetzt halten Sie sich fest.«

»Ach, ich sitze ganz gut und kippe schon nicht um, Antek.«

»Fünf dieser Leute wurden umgebracht. Vier in Amerika und einer in Deutschland. Und zwar immer einige Zeit, nachdem ihre Namen in den Mails auftauchten. Der Mann in Deutschland wurde zwei Monate nach Sibylles Umzug in die Heimat ermordet.«

»Das ist kurios. Wer war denn dieser Mann in Deutschland?«

»Er hieß Paul Huthoff und wohnte in Bad Lauterberg.«

»Nein!«

»Doch.«

»Das kann nicht wahr sein. Ich kannte diesen Mann.«

»Na, jetzt bin ich platt, Fräulein Höschen.«

»Dazu hast du auch allen Grund. Dieser Mann war an einem Überfall beteiligt, bei dem ich anwesend war. Eine Freundin von mir hat im Keller ihrer Buchhandlung einen alten Schatz gefunden, hinter dem auch ein Geheimbund her war. Wir hatten die ganzen Juwelen und das Gold auf dem Ladentisch ausgebreitet. Und noch ehe der rechtmäßige Eigentümer, nämlich das niedersächsische Schatzregal mit seinen Experten, eintraf, wurden wir von vier Männern in Schwarz überfallen. Die Burschen wurden aber gefasst. Dieser Paul Huthoff war einer von ihnen und hat bei der Polizei ausgepackt. Kurz darauf wurde er umgebracht, damit er in der Hauptverhandlung nicht aussagen konnte, um die Hintermänner in den Knast zu bringen.«

»Fräulein Höschen, ich glaube, jetzt muss ich mich festhalten. Das ist haarsträubend. Ich wusste doch, dass Sie die richtige Ansprechpartnerin sind. Was machen wir denn jetzt?«

»Wir gehen essen.«

»Wieso? Haben Sie Hunger?«

»Ich denke, Sibylles Mann führt ein erstklassiges Restaurant. Also, ruf an, reserviere einen Tisch und sage, dass du mit dem alten Fräulein Höschen kommst, weil sie ihre Schüler gern einmal wiedersehen möchte. Ich muss mir erst mal einen Eindruck verschaffen, was mit den beiden los ist und wie sie jetzt ticken. Wenn du mit geklauten Computerdaten zur Polizei gehst und diese Räuberpistole erzählst, wird man dir wohl kaum die nötige Aufmerksamkeit schenken.«

»Verstehe ich das richtig: Sie wollen auf eigene Faust ermitteln?«

»Natürlich, das mach ich immer so. Und zum Schluss ruft man die Polizei an, die die Leute dann nur noch einsammelt.«

»Ich habe ein ganz schlechtes Gefühl dabei, Fräulein Höschen. Sie müssen wissen, Sibylle hat sich doch sehr verändert. Sie macht auf mich den Eindruck, als ob sie manchmal nicht ganz dicht wäre. Sie ist irgendwie manisch geworden, geht mit Leichtigkeit über alles hinweg und lacht über Dinge, die andere Leute in Angst und Schrecken versetzen.«

»Du meinst, sie ist etwas plemplem?«

»Genau das trifft es. Sie war ja schon immer exzentrisch, und ihr Mann auch. Manfred sperrt schon mal Gäste, die seine Kochkunst nicht zu schätzen wissen, in den Ziegenstall oder schüttet jemandem, der seinen kostbaren Wein verschmäht, das Glas über dem Kopf aus. Aber Sibylle ist noch mal ein Kaliber für sich.«

»Du machst mich immer neugieriger. Ich kann es kaum erwarten, ins Eichsfeld zu fahren.«

BRAUNLAGE

Ein paar Tage später saß Lilly bei ihrer Freundin Gretel Kuhfuß im Wohnzimmer. Gretel war Anfang siebzig und berühmtberüchtigt für ihre klare, ungeschnörkelte Sprache. Von allzu viel Freundlichkeit hielt sie nichts. Wer sie nicht näher kannte, konnte meinen, sie sei durchweg schlecht gelaunt. So war sie nun mal. Lilly gehörte jedenfalls zu den wenigen Menschen, die diese alte Kratzbürste gern um sich hatten.

Gretel bewohnte ein älteres Haus in Braunlage. Es war wunderschön gelegen mit Blick auf Berge und Wälder. Lilly erzählte natürlich die Sache, die Antek ihr berichtet hatte. Mit düsterem Blick kommentierte diese Lillys Vorhaben: »Hast du in deinem Alter eigentlich nichts Besseres zu tun, als ständig auf Mörderjagd zu gehen? Seit ich dich kenne, bist du unentwegt damit beschäftigt, dich mit irgendwelchem Lumpenpack herumzuschlagen. Die Verbrecher gehen in deinem Haus aus und ein, als ob es das Normalste von der Welt wäre, dass alte Weiber die Arbeit der Polizei machen. Du ziehst das Ganovengesocks magisch an.«

»Dafür kann ich doch nichts. Ich habe Antek nicht gebeten, mir diese Sache zu erzählen.«

»Aber du musst dich natürlich sofort voll reinhängen, als ob du darauf gewartet hättest, dass endlich mal wieder was passiert. Mir reicht noch die Leiche, die zwei Tage vor Weihnachten in deinem Wohnzimmer herumlag. Ich hätte mir fast die Beine gebrochen, weil ich immer über sie drüberhüpfen musste.«

»Ich habe den Kerl nicht erschossen«, verteidigte sich Lilly.

»Nein, das war der Verrückte im Pelzmantel, der seinem Chef den Schniedelwutz abgeschnitten hat, um ihn in einen Brotlaib zu kneten und in den Backofen zu stecken.«

Jetzt musste Lilly laut loslachen. Gretel versuchte zwar, weiterhin die Erboste zu spielen, aber es gelang ihr nicht. Sie fiel in das Gelächter ein.

»Wie auch immer: Ich fahre morgen mit Antek nach Duderstadt, um Sibylle und Manfred zu besuchen und nobel zu essen.«

»Na, hoffentlich bleibt dir der Fraß nicht im Halse stecken. Ich war das letzte Mal vor vielleicht dreißig Jahren in Duderstadt. Da habe ich auch gut gegessen. Im *Löwen*. Es war das letzte Mal, dass ein Mann mir nachgestellt hat. Und ich dumme

Pute habe mich darauf eingelassen.«

»Wer war das denn? Kenne ich ihn?«

»Das glaube ich eher nicht. Er hieß Martin.«

»Hat er auch einen Nachnamen?«

»Hat er, aber ich kann ihn dir nicht sagen.«

»Warum nicht?«

»Ich weiß zwar, wie er heißt, aber er hat einen von diesen Namen, die man besser furzen als aussprechen kann.«

»Gretel, dann lass uns lieber in den Garten gehen.«

Und wieder verfielen beide in ein haltloses Gelächter.

DUDERSTADT

Sibylle war beim Friseur gewesen. Als sie die Restaurantküche ihres Mannes betrat, der mit den Vorbereitungen für das heutige Menü beschäftigt war, machte er ihr ein Kompliment. Sie sah wirklich fantastisch aus. Das dunkelbraune Haar, nun etwas ausgedünnt, ging ihr bis an die Schultern. Der Pony ließ sie keck erscheinen. Auch die drei Mitarbeiter in der Küche machten ihr Komplimente. In letzter Zeit lief es wieder gut zwischen Manfred und Sibylle. Sicherlich lag es auch daran, dass sie die wirtschaftlichen Sorgen los waren. Sibylle hatte mit ihrem Einsatz in der kriminalistischen Beratung erheblich dazu beigetragen, die Durststrecke zu überwinden. Das Restaurant konnte sich inzwischen selbst tragen und warf sogar genug Gewinn ab, um davon gut zu leben. Sie nahm ihren Mann beiseite und ging mit ihm in das noch leere Restaurant, um sich an einen Ecktisch zu setzen. In leisem Ton erklärte sie ihm: »Es kam heute wieder ein Auftrag aus den USA.«

»Den solltest du ablehnen. Wir haben das nicht mehr nötig. Außerdem habe ich noch die Nase voll von deinem Unsinn von neulich.«

Der *Unsinn von neulich* war eine Kurzschlusshandlung Sibylles gewesen. Sie hielt sich zwar weitgehend aus dem Restaurantbetrieb heraus. Das war Manfreds Reich. Aber an einem Vormittag, als Manfred gerade auf Einkaufstour bei irgendwelchen Bauern war, stand plötzlich dieser Typ von der Gewerbeaufsicht vor der Tür. Da sie ihren Mann entlasten wollte, ließ sie ihn herein. Es war ja alles in bester Ordnung. Dachte sie. Aber sie hätte es besser wissen müssen. Der Mensch sah so was von unsympathisch aus. Er inspizierte Küche und Vorratsräume. Es war alles blitzblank. Dann fragte er, wo sich die Tiefkühltruhen befänden.

»Wir sind ein Spitzenrestaurant. Wir verarbeiten keine Tiefkühlkost. Bei uns kommt jeden Tag alles frisch auf den Tisch.«

»Soso«, meinte er argwöhnisch. Dann öffnete er die Tür zur Wurstekammer, wo Manfred bei ganz bestimmter Temperatur Eichsfelder Stracke und Kälberblase reifen ließ.

»Das ist alles beschlagnahmt. Da ist ja Schimmel dran.«

»Das ist kein Schimmel, sondern die Flüssigkeit und das Salz, das beim Reifungsprozess nach außen tritt. Das muss so sein.«

»Das müssen Sie schon mir überlassen. Wenn Sie das Zeug nicht herausgeben, kann ich den Laden auch schließen.«

Jetzt setzte es bei Sibylle aus. Es war schon früher so gewesen, dass sie Provokationen, die die rote Linie überschritten, nicht hinnehmen konnte. Aber mit zunehmendem Alter hatte sich dieses Verhalten immer mehr verstärkt und manifestiert. Sie musste sich Luft machen und sagte freundlich lächelnd: »Und ich kann Ihnen gleich mal kräftig in die Eier treten, damit Sie lernen, was Respekt ist.«

Völlig erstaunt, als ob er seinen Ohren nicht traute, sagte er: »Das muss ich mir nicht bieten lassen. Der Laden ist bis auf Weiteres geschlossen.«

Sibylle nahm die kiloschwere Kälberblase, die sie gerade in der Hand hielt, und holte aus. Der Mann fing sich einen kräftigen Schlag im Genick ein und verlor den Halt. Auf Knien liegend schrie er auf und schaute Sibylle verwundert an, so als glaubte er nicht, was gerade geschah. Dann holte sie eine Pistole aus ihrer Handtasche und befahl dem Mann, am Tisch in der Mitte der Küche Platz zu nehmen. Sie donnerte die dicke Wurst auf den Tisch, warf ein Holzbrett, Messer und Gabel dazu und brüllte: »Friss oder stirb.«

Dem Mann trat der Angstschweiß auf die Stirn und Sibylle hielt ihm die Pistole an den Kopf: »Wenn du diese vorzügliche Eichsfelder Kälberblase nicht innerhalb einer Viertelstunde mit Genuss verspeist hast, schieß ich dir die Birne weg.«

Der Mann hatte Schwierigkeiten, in seiner Panik Messer und Gabel zu benutzen. Also nahm er diese kolossal dicke Wurst in die Hände und biss hinein. Nach zehn Minuten hatte er knapp die Hälfte gegessen. Aber es wollte ihm nicht gelingen, noch mehr davon hinunterzuschlingen. Er fraß buchstäblich um sein Leben. Ihm war bewusst, dass diese Verrückte es ernst meinte. Schließlich sagte sie: »So, du hast noch genau drei Minuten.«

Er stammelte etwas Unverständliches mit seinem vollen Mund und kaute wie besessen.

»Noch zwei Minuten.«

»Mmmlllffbrrr.«

»Noch eine Minute.«

»Brrmmhhffggrr.«

Dann richtete sie demonstrativ die Pistole wieder an seinen Kopf und sagte: »Die Zeit ist abgelaufen. Du hattest deine Chance. Und tschüss.«

Dann der Knall.

Das war jetzt zwei Wochen her. Sibylle hatte den Mann, gut in Plastik verpackt, in den Kofferraum seines Wagens verfrachtet. Er war nicht sonderlich schwer. Dann hatte sie die Küche gesäubert. Anschließend war sie mit dem Wagen des Gewerbeaufsichtsfritzen nach Göttingen gefahren, hatte ihn in einer Wohngegend gebührenfrei geparkt, um in die Innenstadt zu schlendern, wo sie sich einen tollen Fetzen in einer Boutique gönnte und einige weitere Einkäufe tätigte. Hochzufrieden mit sich und ihrer Arbeit, aber auch mit der Ausbeute ihrer Shoppingtour, nahm sie sich schließlich ein Taxi, dass sie nachhause fuhr. Manfred hatte sie zunächst erzählt, dass ein Typ von der Gewerbeaufsicht da gewesen wäre, sie ihn aber nicht hereingelassen habe.

Am nächsten Tag kam ein Anruf des Gewerbeaufsichtsamts, ob gestern ein Mitarbeiter da gewesen sei. »Ja«, hatte Sibylle gesagt. »Aber da niemand im Restaurant war, sei er wieder gefahren.«

Erst nach einer Woche wurde man auf das Auto des Mannes aufmerksam und fand die Leiche. Da auf seinem Besuchsprogramm auch Manfreds Restaurant gestanden hatte, kam die Polizei nach zwei Tagen, um sich zu erkundigen. Manfred hatte wahrheitsgemäß gesagt, er sei an besagtem Tag nicht da gewesen. Und Sibylle erläuterte: »Ja, da war ein Herr von der Gewerbeaufsicht. Da ich aber nichts mit dem Restaurant zu tun habe, konnte ich ihn ja nicht hereinlassen. Er wollte zu einem späteren Zeitpunkt wiederkommen.«

Damit ließ man die Sache auf sich beruhen. Allerdings sah Manfred seiner Frau an, dass sie etwas verschwieg. Schließlich erzählte sie ihm die Geschichte. Sein Kommentar: »Meinst du nicht, dass deine Aktion vielleicht ein bisschen übertrieben war?«

»Ein bisschen vielleicht. Aber wenn du den Idioten gesehen hättest, wie der sich aufgeführt hat, hättest du ihm wahrscheinlich ein Beil in den Arsch gehauen.«

* * *

Sibylle und Manfred hatten, seit sie wieder in Deutschland waren, mit verschiedenen Widrigkeiten zu kämpfen. Unter anderem auch mit der eigenen Familie. Sibylles Tante Alma Louise war ein harter Brocken. Ihr gehörte das Landhaus, in dem sie ihr Restaurant betrieben und auch wohnten. Sie war immer eine Art Paradiesvogel in der Familie gewesen. Da sie sich zu Höherem berufen fühlte, jedoch mangels eigener Leistungen nie imstande gewesen war, sich ein Leben in der High Society aufzubauen, hatte sie nach einer geeigneten Partie Ausschau gehalten. Als sie mit dreißig immer noch nicht fündig geworden war, sank ihr Marktwert, und sie wurde zusehends unruhiger. Schließlich nahm sie den Antrag eines dreiundsiebzigjährigen Mannes an. Herr Mohr lebte von seiner Erbschaft. Gearbeitet hatte er nie. Es folgten einige Jahre in Saus und Braus. Man hatte sich ein großzügiges Landhaus am Rande von Duderstadt herrichten lassen. Den Frühling verbrachte man vorzugsweise in Nizza oder Biarritz. Zur Sommerfrische ging es in die Schweiz und überwintern ließ es sich am besten im südlichen Indien oder in Marokko. Leider wurde Herrn Mohr dieser Lebenswandel nach einigen Jahren zu strapaziös, sodass Alma Louise in der Blüte ihrer Jahre mehr und mehr ans Haus gefesselt war. Sie pflegte ihren immer schwächer werdenden Mann hingebungsvoll. In ihrer Selbstlosigkeit hatte sie drei Pflegekräfte angestellt. Während ihres harten, entbehrungsreichen Alltags freundete sie sich mit einem Mann an, der etwas jünger war als sie: Johannes. Diesem gelang es, ihr wenigstens etwas Entspannung zu verschaffen. Um ihr noch mehr zur Seite stehen zu können, zog Johannes kurz darauf in das Landhaus ein.

Einige Jahre später starb ihr Mann. Nach einer Zeit der tiefen Trauer – irgendwie musste es ja weitergehen – nahm Alma Louise schließlich wieder das Leben auf, das sie einst mit ihrem Gatten geführt hatte. Nur dass Johannes nun an ihrer Seite war. Es folgten Reisen nach Paris, Cannes und Mauritius. Die Orte, die sie mit ihrem Mann besucht hatte, mied sie. Es wäre

zu schmerzlich gewesen. Irgendwann musste Alma Louise fest-
stellen, dass kein Geld mehr da war. Sie hatte sich nie groß um
finanzielle Dinge gekümmert. Der Anlageberater, den ihr Mann
einst mit der Betreuung seines Vermögens beauftragt hatte, teilte
ihr mit, dass sie seit Jahren auf zu hohem Fuße gelebt hatten.
Hinzu kam, dass diverse Fonds, in denen sie ihr Geld angelegt
hatten, in den Keller gerauscht waren, wie er sich auszudrücken
pflegte. Dem Berater gelang es, gerade noch so viel Kapital seriös
anzulegen, dass damit eine Krankenversicherung für sie und Johannes bezahlt werden konnte. Ansonsten blieb nur ein kleines
monatliches Budget für das Lebensnotwendigste. Die Unterhaltung des großzügigen Landhauses war damit kaum zu decken.
Auf der anderen Seite war es aber auch unmöglich, dieses einst
sehr kostspielig hergerichtete Anwesen zu verkaufen. Niemand
wollte es haben. Folglich lebten Alma Louise und Johannes eher
bescheiden in diesem monströsen Gebäude. Personal konnte
man sich nicht mehr leisten. Lediglich Heidi, eine Frau von Anfang siebzig, wohnte in einer Dienstbotenwohnung. Sie putzte,
kochte und wusch. Und damit sich die beiden auch nach wie
vor als Herrschaften fühlen konnten, bediente sie bei Tisch. Sie
selbst aß in der Küche. Heidi arbeitete für Kost und Logis und
war froh, von ihrer kleinen Rente keine Wohnung finanzieren
zu müssen. Der Außenbereich mit dem parkähnlichen Garten
konnte mangels Gärtner nicht mehr in Ordnung gehalten werden. Dort wilderte alles vor sich hin.

Als Sibylle und Manfred das Anwesen in Augenschein nahmen, waren sie hellauf begeistert. Es würde zwar eine Menge Arbeit und Geld kosten, alles nach ihren Vorstellungen zu gestalten. Aber sie sahen dieses herrliche Landhaus in seinem Glanz
vor sich. Unten das einladende Restaurant mit gediegenem
Mobiliar und dezenter Beleuchtung. Vor dem Haus herrliche
Blumen und Bäume. Ein Rondell mit einem großen Rosenbeet
in der Mitte. Hinter dem Haus würde man das Grundstück der
Natur überlassen, besser gesagt: den Ziegen, die Manfred hier

für eine eigene Fleischproduktion halten wollte. Man kam mit Tante Alma Louise überein, einen Erbschaftsvertrag zu schließen, dem zufolge Sibylle und Manfred das Haus renovieren würden. In der oberen Etage sollten zwei Wohnungen mit getrennten Eingängen entstehen. Eine zweihundert Quadratmeter große Wohneinheit sollte von der Tante bewohnt werden, die andere von Sibylle und Manfred. Und unten war der Restaurantbereich. Man würde Tante Alma Louise bis zu ihrem Tod monatlich zweitausend Euro zahlen, und sie hatte das Recht, einmal pro Woche mit ihrem Begleiter kostenlos im Restaurant verköstigt zu werden.

Das Zusammenleben erwies sich allerdings als äußerst schwierig. Während der Renovierungsarbeiten behinderte sie tagtäglich die Arbeiter, gab ihnen Anweisungen, die diese auf Manfreds Geheiß nicht beachteten. Es war ein Riesendurcheinander. Als die große Wohnfläche schließlich durch eine Wand getrennt worden war, zogen Sibylle und Manfred ein. Leider hatten die völlig entnervten Handwerker aus Versehen einen Schrank mit Manfreds Kleidung in der Wohnung von Alma Louise stehengelassen. Als der diesen am nächsten Tag holen wollte, stellte er fest, dass sich keine Kleidung mehr darin befand. Darauf angesprochen, wo sich denn seine Sachen befänden, erhielt er von Haushälterin Heidi die Antwort: »Die musste ich zur Altkleidersammlung bringen. Anweisung von der Chefin.« Da war er ausgerastet. Er stürmte in die gerade fertiggestellte Restaurantküche und holte sein Beil, mit dem er sonst größere Tiere zerlegte. Als er vor Alma Louises Tür stand, kam Sibylle gerade aus der Wohnung, die sich in allen Einzelheiten anhören musste, was er mit *dieser alten Sumpfkuh* zu tun gedachte: »Ich lege sie auf den Tisch und fange dann bei ihren Zehen an, sie in tausend kleine Stücke zu zerhacken. Ich arbeite mich langsam bis nach oben vor. Und wenn ich bei ihrem Kopf angelangt bin, spalte ich ihn. Dann gibt es morgen Bregenwurst.«

Sibylle wusste allerdings zu verhindern, dass er ihrer Tante in den nächsten Tagen begegnete. Schließlich fuhr er in die Stadt und kleidete sich neu ein. Aber warm würde er mit dieser Xantippe nie werden. Sie ließ ihn spüren, was sie von ihm hielt, und verbat es sich auch, dass er sie mit Tante anredete. Er hatte sie zu siezen. Bis heute war es so, dass er sich bei jeder Gelegenheit anhören musste, wie schamlos er ihre Großzügigkeit doch ausnutzen würde. Auch an seinen Speisen, die sie sich mit ihrem Johannes jede Woche einverleibte, hatte sie stets etwas herumzumäkeln.

* * *

Antek hatte Lilly frühzeitig abgeholt. Deshalb blieb Zeit genug, noch ein wenig durch die herrliche Duderstädter Altstadt zu schlendern. Als sie an dem über tausend Jahre alten Rathaus vorbeikamen, einem prächtigen Fachwerkbau, kam Lilly auf die Idee, es sich von innen anzusehen. Leider war heute nicht alles für Besucher zugänglich. Schließlich fuhren sie mit dem Aufzug in die zweite Etage, wo sich die Stadtbibliothek befindet. Während Lilly durch die Gänge wandelte und sich dann ans Fenster stellte, um den herrlichen Ausblick auf die Stadt zu genießen, saß Antek gedankenverloren auf einem Stuhl und grinste vor sich hin. Er musste daran denken, was er neulich in einer Bibliothek in Krakau gemacht hatte. In der theologischen Abteilung hatte er in diverse Bücher Pornobilder gesteckt, sich dann ein Buch geschnappt und so getan, als würde er lesen. In Wirklichkeit beobachtete er die Leute, die die präparierten Werke in die Hand bekamen. Besonderes Interesse hatte ein Pfarrer, der, nachdem er ein solches Bild gefunden hatte, nach und nach sämtliche Bücher der Abteilung untersuchte und fündig wurde. Er sammelte alle Bilder ein, um sie dann in die Tasche zu stecken. Das war typisch Antek. *Du hast vor nichts Respekt, du alberner Hallodri,* hätte Lilly gesagt. Plötzlich zuckte er zusammen. Lilly hatte ihm auf die Schulter getippt.

»Na, Antek, träumst du vor dich hin? Offenbar habe ich dich erschreckt.«

»Oh, ich habe nur nachgedacht.«

»Um Gottes willen! Lass das bloß nicht zur Gewohnheit werden.«

Draußen vor dem Rathaus schaute Antek noch einmal auf das imposante Gebäude und grinste vor sich hin.

»Na, sag schon, Antek, was denkst du dir schon wieder für fürchterliche Dinge aus.«

»Ach, ich brauch mir gar nichts auszudenken. Ich schwelge in Erinnerungen. Das letzte Mal, als ich hier stand, kam gerade eine Hochzeitsgesellschaft die Treppe herunter, und ich war plötzlich mittendrin. Jemand fragte mich, ob ich ein Freund des Bräutigams sei. Und ich habe ihm in meiner Leichtfertigkeit geantwortet, ich sei der Beischläfer der Braut. Daraufhin hat er mir doch glatt eine geknallt.«

»Tja, Antek, wer deine Art von Humor nicht gewöhnt ist, kann schon mal so reagieren. Damit musst du leben.«

Der Empfang durch Manfred und Sibylle im Restaurant war herzlich. Sie umarmten Lilly, und Manfred gab ihr Küsschen auf beide Wangen. Sibylle war wirklich eine wunderschöne Frau geworden. Manfred hatte sich, vermutlich durch seine Kochkunst, einen erheblichen Bauch angefuttert und machte einen zufriedenen Eindruck. Nach dem Dessert waren sich Lilly und Antek einig, dass sie gerade eines der besten Menüs ihres Lebens genossen hatten. Es wurde allmählich ruhiger im Restaurant. Die Leute hatten gespeist, und die ersten Gäste verließen das Lokal. Nun hatten Manfred und Sibylle Zeit, sich mit einem Glas Wein zu ihren beiden Besuchern zu setzen. Als Manfred sich erkundigte, wie ihnen das Menü gemundet hatte, sagte Antek: »Grandios. Dieser Salat mit dem Basilikumschaumgewichse schmeckte geradezu göttlich. Man kann ihn allerdings nur mit geschlossenen Augen genießen, so wie der aussieht.«

»Du solltest lieber deine Fantasie zügeln, Antek«, entgegnete Lilly. »Das Essen war einfach wunderbar, Manfred.«

Dann erzählten Sibylle und Manfred, was sie in den letzten zwanzig Jahren erlebt hatten. In Amerika hatte es ihnen im Großen und Ganzen gefallen, aber sie waren froh, nun wieder hier zu sein. Die Tochter studierte in Freiburg, Manfred genoss seinen Traum vom eigenen Restaurant und Sibylle hatte mehr Zeit für sich als je zuvor.

»Ab und zu nehme ich mal einen Auftrag an, aber nur, wenn es mir Spaß macht.«

»Was machst du denn genau, Sibylle?«, wollte Lilly wissen.

»Das kann man schlecht erklären. Es gibt Top-Manager und reiche Leute, die sich Sorgen um ihre Sicherheit und die ihrer Familie machen. Ich erarbeite dann ganz konkret Konzepte, was man tun kann oder unbedingt tun sollte, um ein hohes Maß an Schutz zu erlangen. Hier reicht normale Polizeiarbeit nicht aus. Man muss an die Sache wissenschaftlich herangehen und auch die neuesten Technologien berücksichtigen, die uns nützen, aber auch gefährden können. Wir leben heute im Informationszeitalter. Der Mensch wird zunehmend gläsern. Anhand von Smartphones und in Autos eingebauten GPS-Systemen kann man jederzeit sagen, wer wann wo ist. Und da gibt es für Insider noch ganz andere Möglichkeiten.«

»Das Problem wird ja wohl sein«, sagte Lilly, »dass auch Mörder und Entführer sich dieser wissenschaftlichen Methoden bedienen können.«

»So ist es. Und das macht die Sache so schwierig. Man muss anderen immer ein Stück voraus sein.«

»Allerdings hättest du bei deinem Wissen natürlich gute Chancen, selbst in diesem Bereich tätig zu sein. Machst du auch Auftragsmorde? Ich meine, für den Fall, dass ich mal einen unliebsamen Menschen beseitigen möchte?«

Alle lachten, besonders Sibylle, die dann antwortete: »Also, wenn Sie mal in die Verlegenheit kommen, Fräulein Höschen, wenden Sie sich vertrauensvoll an mich. Wenn jemand das kann, dann ich. Ich mache Ihnen auch einen Freundschaftspreis.«

»Das ist gut zu wissen, Sibylle.«

Durch das laute Gelächter waren auch zwei ältere Herrschaften am anderen Ende des Lokals aufmerksam geworden, die sich jetzt erhoben und auf sie zukamen. Die Frau, sie mochte um die achtzig sein, sah aus wie eine Fregatte, die etwas zu viel Wind mitbekommen hatte. Sie trug ein giftgrünes Abendkleid aus den siebziger Jahren des vergangenen Jahrhunderts und hatte kräftig Make-up aufgespachtelt. Antek dachte unwillkürlich an einen kurz vor dem Suizid stehenden Gummibaum. Der Mann war vielleicht ein paar Jahre jünger und hatte einen schwarzen Anzug an, der auch schon bessere Zeiten gesehen hatte. Manfred erhob sich und sagte: »Darf ich vorstellen: Das ist Alma Louise, Sibylles Tante, mit ihrem, äh, Liebhaber Johannes.«

Alma Louise warf Manfred einen Blick zu, der hätte töten können. Lilly hatte ihr charmantes Lächeln aufgesetzt und bat die beiden, doch Platz zu nehmen und ein Glas des vorzüglichen Digestifs mit ihnen zu trinken. Manfred zog sich zurück und Sibylle holte die Schnapsflasche. Alma Louise und Johannes waren augenscheinlich schon etwas angeheitert. So kamen sie ins Erzählen. Bei Johannes hatte man den Eindruck, dass er reichlich zusammenhanglos drauflos schwafelte. Zwischendurch sprach er Französisch, dann fragte er Antek: »Können Sie Französisch?« Dieser antwortete ganz trocken: »Natürlich. Nur mit der Sprache habe ich Schwierigkeiten.« Lilly kommentierte: »Das ist ein Brüller.« Johannes, wieder Deutsch redend, schien ganz gefangen in seiner Mitteilungssucht. Offenbar merkte er gar nicht, dass niemanden sein Gefasel interessierte. Jetzt erzählte er ganz erbost von einer Beleidigung. Es war aber nicht auszumachen, ob das heute geschehen war oder vielleicht vor dreißig Jahren. Jedenfalls erzählte er voller Empörung, dass jemand ihm gesagt hätte, er solle sich doch seinen Spazierstock in den Hintern stecken.

Lilly wurde es zu lästig und fragte: »Ach, haben Sie deshalb solch eine straffe Körperhaltung?«

Antek wurde fast ohnmächtig vor Lachen, während Alma Louise keine Miene verzog. Aber der alte Herr redete einfach weiter.

»Dieser Mensch wollte meinen Namen in den Dreck ziehen. Aber das konnte ich nicht zulassen. Mein Name ist das einzige Kapital, das ich habe.«

»Wieso, wie heißen Sie denn?«, fragte Lilly.

»Brühschwein, Johannes Brühschwein.«

Antek röchelte nur noch.

»Ach, und was hat der Mensch zu Ihnen gesagt?«, wollte Lilly wissen.

»Er nannte mich ein abgebrühtes Schwein.«

»Na, das ist aber wirklich eine Schweinerei.«

Schwerfällig erhob sich Antek, um sich unter Aufbringung seiner letzten Kräfte in die Küche zu schleppen, wo er sich bei Manfred auslachte.

Alma Louise war Lillys Ironie zu viel. Ganz offensichtlich machte diese Frau sich über ihren Begleiter lustig. Jetzt musste sie eingreifen und fragte Lilly: »Ist dieser alberne junge Mann, der bis eben hier saß, Ihr Gatte oder Ihr Sohn?«

»Weder noch. Er war mein Schüler. Ich war nie verheiratet.«

»Ach.«

»Ja, es soll auch Frauen geben, die keine Lust auf eine Ehe haben.«

»Natürlich, es gibt ja auch Ziegen mit zwei Köpfen.«

Lilly sah Alma Louise verwundert an, als sei sie nicht ganz richtig im Kopf.

»Schauen Sie mich nicht in diesem Ton an.«

»Oh, ich habe gar nicht bemerkt, dass meine Augen wieder geredet haben.« Das war zu viel für Alma Louise. Sie erhob sich und sagte: »Johannes, ich möchte jetzt gehen.«

Schnurstracks verließ sie das Restaurant, wobei Johannes sich von Lilly noch überschwänglich verabschiedete und bekundete, wie nett es war, sie kennengelernt zu haben. Er stieß noch ein *au revoir* heraus und eilte Alma Louise hinterher.

Als das Restaurant fast leer war, saßen Manfred und Sibylle noch eine Weile zusammen mit Lilly und Antek, der sich halbwegs wieder gefangen hatte nach seinen Lachattacken. Schließlich gab Manfred einige Anekdoten über Alma Louises in die Jahre gekommenem Gigolo Johannes zum Besten, der seiner Gönnerin wohl noch immer in jeder Beziehung zu Diensten sein musste. Als er dann noch über den Vorfall mit den Gästen im Ziegenstall berichtete, war es vollends aus mit Anteks Beherrschung. Manfred genoss die gesellige Runde unter alten Freunden sichtlich. Noch mehr gefiel ihm allerdings die Rolle des Alleinunterhalters. Um noch einen draufzusetzen, fuhr er mit seiner Erzählung fort, wie Alma Louise verhindern wollte, dass er Ziegen hielt. Das sei nicht standesgemäß und die Viecher würden stinken. Aber Manfred ließ sich nicht davon abbringen. Er war nur noch auf der Suche nach einem geeigneten Ziegenbock, um für ordentlich Nachwuchs zu sorgen. Eines Tages stand die Tante seiner Frau dann mit einer Pistole im Ziegenstall, um die Tiere umzubringen, konnte jedoch nicht mit der Waffe umgehen. Allein die Vorstellung, wie die alte Dame von vorhin verzweifelt mit einem Schießeisen herumfuchtelte, um ein paar Ziegen ins Jenseits zu befördern, reichte aus, um Anteks Bauchmuskulatur völlig verkrampfen zu lassen. Es dauerte einige Zeit, bis er wieder halbwegs Luft bekam. Schließlich verabschiedeten sich Lilly und er, um sich auf den Heimweg zu machen.

Während der Autofahrt mussten sich beide eingestehen, dass sie nichts herausbekommen hatten über Sibylles Job als Auftragsmörderin.

»Ich denke, da können wir zur Zeit nichts machen, außer die Augen offen zu halten«, war Lillys Resümee. »Außerdem kann ich mir nach dieser Begegnung nicht vorstellen, dass da wirklich etwas dran ist. Auf mich machte sie einen guten Eindruck.«

»Das kann täuschen, Fräulein Höschen.«

* * *

Am nächsten Vormittag saßen Sibylle und Manfred auf dem Balkon bei einem ausgiebigen Frühstück zusammen. Normalerweise fuhr Manfred morgens los, um bei ausgewählten Lieferanten einzukaufen, was am Abend kredenzt werden sollte. Sich selbst von der Qualität der Waren zu überzeugen, war die Voraussetzung, seinen Gästen außergewöhnliche kulinarische Erlebnisse zu bescheren. Heute war Dienstag und das Restaurant war geschlossen. Zwar liebte es Manfred, unter Hochdruck zu arbeiten, aber auf diesen Tag des *Easy goings* freute er sich immer. Gut gelaunt ließen die beiden den gestrigen Abend Revue passieren.

»Lilly ist ein ganz knuffiges altes Törtchen geworden«, sagte Sibylle. »Sie bemüht sich zwar, lieb und nett zu sein, ist aber noch genau so ein Biest wie früher. Das mochte ich schon immer an ihr. Wen die in die Mangel nimmt, der hat keine Chance.«

Unwillkürlich musste Manfred lachen und sagte: »Gegen die ausgefeilten Bemerkungen von Lilly Höschen ist Alma Louise ein Trampeltier.«

Nach einer Weile des Schweigens fragte Sibylle ihren Mann: »Was mach ich denn nun mit dem Auftrag, der mir angetragen wurde?«

»Lass es sein, Sibylle. Dieses Kapitel ist vorbei. Wir haben es nicht mehr nötig.«

»Auch nicht als Rücklage für schlechte Zeiten?«

»Nein. Mit diesem Gewerbeaufsichtsfritzen hast du mir einen Schrecken eingejagt. Ich will das nicht mehr.«

»Das war ja Notwehr. Daran habe ich auch nichts verdient.«

»Über das Wesen der Notwehr kann man unterschiedlicher Meinung sein. Wie auch immer: Das Kapitel sollte beendet sein.« Nach einer Weile fragte er dann: »Was ist denn das für ein Typ, den du...?«

Grinsend antwortete sie: »Ein steinreicher Unternehmer in Goslar. Ein gewisser Amadeus Besserdich.«

Manfred grübelte und sagte schließlich: »Heißt nicht der Großneffe von Lilly Amadeus und führt ein Unternehmen in Goslar?«

»Äh, ja. Sie hat irgendetwas von einem Amadeus erzählt. Und er wohnt in Goslar. Aber das wäre ja nun ein ziemlich großer Zufall. Okay, ich werde den Typen mal im Internet recherchieren. Wenn es sich tatsächlich um den einzigen Verwandten von Lilly handelt, geht es sowieso nicht. Das würde ich nicht übers Herz bringen. Allerdings würde dieser Auftrag außergewöhnlich gut bezahlt. Hunderttausend. Er muss also ein wichtiger Mann sein. Ich denke noch mal darüber nach.«

Eine Stunde später wusste Sibylle alles, was nötig war. Sie hatte nicht nur das World Wide Web zurate gezogen, sondern auch spezielle amerikanische Quellen, zu denen nur wenige Leute Zugang hatten. Diesen zufolge waren die beiden Mitgesellschafter von Amadeus vor zwei Jahren ermordet worden. Amadeus hatte nicht nur die Anteile des Unternehmens geerbt, sondern auch eines der großen Vermögen dieser Welt, das mit der Firma gar nichts zu tun hatte. Es gab mächtige Interessenten, die Amadeus dazu bringen wollten, dass er dieses gigantische Anlagevermögen für wenig Geld abgibt. Als er dies nicht tat, hatte man versucht, auch ihn aus dem Weg zu räumen, um vielleicht über seine Erben, seine Frau und sein unmündiges Kind, zum Ziel zu kommen. Der auf ihn angesetzte Attentäter hatte es allerdings vermasselt. Letzten Endes hatte Amadeus den Großteil dieses gigantischen Vermögens in eine Stiftung eingebracht, womit er keinen Zugriff mehr darauf hatte. Trotzdem konnte man ihn als reich bezeichnen. Aber sein Unternehmen mit Hauptsitz in Kanada und der Geschäftsführung in Goslar war nicht so bedeutend, dass Sibylle sich vorstellen konnte, wer einen Vorteil davon hätte, ihn zu beseitigen. Ihre kriminalistische Wissbegier ließ ihr keine Ruhe. Sie musste der Sache auf den Grund gehen. Vor allem musste sie unbedingt diesen Amadeus kennenlernen. Sie hatte auch herausgefunden, dass seine Eltern spurlos verschwanden, als er zwolf Jahre alt war. Aus diesem Grund war er auch von ihrer ehemaligen Lehrerin großgezogen worden. Natürlich konnte sie nicht einfach anrufen und sagen, sie müsse mit ihm sprechen. Daher dachte sie an Lilly. Sie würde es schaffen, dass ihr Großneffe sie empfing. Also nahm sie ihr Telefon und klingelte Lilly an. Nach dem üblichen Gesäusel, wie schön es war, dass sie sich nach so vielen Jahren einmal wiedergesehen hatten, sagte sie: »Fräulein Höschen, ich hatte Ihnen ja erzählt, dass ich Kriminalistin bin. Und als solche verfüge ich über viel Insiderwissen. Mir ist da eine Sache aufgefallen.«

»Nun rück schon raus mit der Sprache, Kind.«

»Ihr Großneffe Amadeus könnte in Gefahr sein.«

»Um Gottes willen! Wie kommst du denn darauf? Ich dachte, das hätten wir hinter uns.«

»Das kann ich nicht so einfach erklären. Jedenfalls nicht am Telefon. Ich würde Amadeus gern persönlich darüber informieren.«

»Also, pass auf, Sibylle. Ich rufe ihn sofort an. Neben seiner Frau bin ich die Einzige, die ihn jederzeit erreichen kann. Ich werde eine Verabredung arrangieren und melde mich dann wieder bei dir.«

Nachdem Lilly aufgelegt hatte, ging ihr so einiges durch den Kopf. Antek war beharrlich der Meinung, Sibylle sei eine Auftragsmörderin. Jedenfalls konnte man das aufgrund der Daten auf ihrem Computer annehmen. Andererseits war es schwer vorstellbar, dass eine ehemalige Schülerin sie bitten würde, ein Treffen mit ihrem Neffen zu arrangieren, um ihn dann umzubringen. *Profis tun doch gerade alles, um nicht aufzufallen, oder?*, dachte Lilly. Zudem hatte Sibylle bei dem kürzlichen Wiedersehen in Duderstadt nicht gerade den Eindruck vermittelt, als würde sie für Geld andere Leute abmurksen. Wahrscheinlich hatte sie nur eine seltsame Art von Humor, um Antek und sie in dem Glauben zu lassen, sie würde das tun. Aber genau das ist, das wusste Lilly aus eigener Erfahrung nur zu gut, manchmal die beste Methode, mit Gerüchten umzugehen. Nein, nein... was Sibylle anging, da konnte sie sich auf ihr gutes Bauchgefühl verlassen.

Amadeus war von dem, was Lilly ihm am Telefon erzählte, genervt. »Tante Lilly, mit was für merkwürdigen Gestalten treibst du dich denn jetzt schon wieder herum?«

»Sibylle ist keine merkwürdige Gestalt. Höre dir doch einfach an, was die Dame zu sagen hat, und dann entscheidest du, ob irgendwelche Konsequenzen zu ziehen sind.«

Schließlich stimmte Amadeus zu, wie immer, wenn seine Großtante etwas durchsetzen wollte. Er verabredete sich noch für denselben Nachmittag mit Sibylle. Sie würde nach Goslar kommen, um sich mit ihm in seiner Firma zu treffen.

GOSLAR

Das schöne alte Fachwerkhaus in der Altstadt von Goslar war ganz nach Sibylles Geschmack. Es strahlte Ruhe aus. Das schlichte Firmenschild mit der Aufschrift »Beermann Consult« ließ nicht darauf schließen, dass in seinem Gemäuer über horrende Vermögen verhandelt wurde und dass der Inhaber des Unternehmens steinreich war. Ein freundlicher Security-Mann öffnete Sibylle die Tür. Eine ebenso freundliche Dame am Empfang bat sie um ihren Personalausweis, den sie an einem Minikopierer ablichtete. Eine andere Dame geleitete sie zu Amadeus' Büro, das sich im Stockwerk darüber befand. An den Wänden hingen wertvolle Bilder der klassischen Moderne. Sibylle meinte, einen Nolde entdeckt zu haben und einen Dix aus den frühen Jahren. Ihre Begleiterin klopfte an und öffnete, ohne ein *Herein* abzuwarten.

»Amadeus, ich bringe dir Frau Sibylle Schönborn.«

»Gut«, kam es vom anderen Ende des Zimmers, »passen Sie auf die Stufe auf.«

Als sie es gehört hatte, war es bereits zu spät. Sibylle stolperte und legte sich lang auf den Boden. Die Sekretärin half ihr auf und Amadeus kam auf sie zugestürmt.

»Diese scheiß Stufe«, sagte er lachend. »Hoffentlich haben Sie sich nicht wehgetan.«

»Kein Problem. Alles ist gut.«

Er führte sie zur bequemen Sitzecke und sagte: »Als ich das erste Mal diesen Raum betreten habe, das ist jetzt etliche Jahre her, ging es mir auch so. Nur, dass ich noch ein Tablett während des Sturzes mitgerissen und durch die Luft gewirbelt habe, das dem guten Herrn Beermann, der hier residierte, an den Kopf flog. Und der Briefbeschwerer, der sich ebenfalls darauf befunden hatte, knallte ihm an die Stirn. Der arme Mann hatte ein einige Tage ein dickes Horn am Schädel. Das war damals mein Einstand, als ich mich hier um eine Stelle bewarb.«

Beide fingen unwillkürlich an zu lachen. Jetzt bemerkten sie, dass die Sekretärin noch dastand.

»Was darf ich Ihnen zu trinken bringen?«

»Ein Kaffee wäre gut«, antwortete Sibylle. Und Amadeus sagte: »Mir kannst du auch einen Kaffee bringen. Danke.«

Amadeus war Sibylle auf Anhieb sympathisch. Ein Mann von etwa Mitte dreißig, sein genaues Alter, das sie dem Internet entnommen hatte, war ihr entfallen. Er war nicht sehr groß, hatte eine ungeordnete blonde Mähne, trug Jeans und ein kurzärmeliges Hemd. Nicht gerade das Outfit für einen Manager, der täglich mit Millionensummen hantiert. Das imponierte ihr. Da er sie gespannt ansah, erzählte sie ihm, warum sie ein Gespräch mit ihm für wichtig hielt: »Gestern hat mich meine alte Lehrerin Lilly Höschen besucht. Mein Mann und ich und der Ihnen wohl ebenfalls bekannte Antek Spielmann waren einst ihre Schüler.«

Bei dem Namen Antek fing Amadeus an zu grinsen. Er hatte so seine speziellen Erfahrungen mit dem Typen.

»Äh, vorab: Sollen wir uns duzen?«

»Ja, kein Problem, ich heiße Amadeus.«

»Sibylle. Also, deine Großtante hat auch über dich gesprochen. Sie ist ja unglaublich stolz auf dich.«

»Das ist das Neueste, was ich höre«, sagte er schmunzelnd.

»Jedenfalls, ich bin nun mal Kriminalistin, habe in Amerika für die Polizei und dann für einen privaten Sicherheitsdienst gearbeitet. Und ich beschäftige mich auch in Deutschland mit dieser Thematik und nehme gelegentlich besondere Aufträge an. Ich verfüge aufgrund meiner Beziehungen über Quellen, von der die Polizei nur träumen kann. Neugierig, wie ich bin, habe ich natürlich mal recherchiert, was über einen so bedeutenden Mann wie dich zu finden ist.«

»Also, ich halte mich nicht im Geringsten für bedeutend und bin froh, wenn weder etwas von meinem Privatleben noch von meinen Geschäften nach außen dringt. Deshalb sitze ich auch so versteckt in dieser Kemenate.«

»Das machst du vollkommen richtig. Nur, es gibt halt Eingeweihte, die sehr genau wissen, was du tust und wer du bist. Und so kommt es, dass es Leute gibt, die dich lieber tot als lebendig sehen.«

»Hast du aktuelle Hinweise oder redest du davon, was vor zwei Jahren passiert ist?«

»Ich sage es frei heraus: Jemand will dich beseitigen.«

»Wer? Und woher weißt du das?«

Jetzt öffnete sich die Tür, und die Sekretärin kam mit einem Tablett herein und brachte Kaffee. Sie spürte die Spannung im Raum und beeilte sich, ihn schnell wieder zu verlassen.

»Wer ein Interesse an deinem Tod hat, müssen wir noch herausfinden. Ich weiß nur, dass es einen Auftrag gibt, dich zu erledigen.«

»Das ist ja ungeheuerlich. Wir müssen zur Kriminalpolizei gehen.«

»Ach, Amadeus, das ist eine Nummer zu groß für die Polizei. Erzähl mir erst mal etwas über deine Firma und die Stiftung, wo du das geerbte Vermögen eingebracht hast. Denn dass in deinem privaten Umfeld jemand dir an den Kragen will, können wir ja wohl ausschließen.«

»Mit Beermann Consult, also der Firma, bei der wir uns gerade befinden, kann es wohl kaum etwas zu tun haben. Unser Hauptsitz befindet sich in Kanada. Wir verkaufen Anteile an Bergbauunternehmen. Es ist alles hoch seriös. Über irgendwelche Schwierigkeiten mit Kunden oder Partnern wüsste ich Bescheid. Da ist nichts. Die Stiftung ist ein ganz anderes Kaliber. Vor zwei Jahren wurden meine Mitgesellschafter von Beermann Consult ermordet. Hier in diesem Haus. Ich habe deren Anteile an der Firma geerbt, da beide Herren keine Kinder oder Ehefrauen hinterließen. Ich war so etwas wie ein Sohn für Manfred und eine Art Enkel für Herrn Beermann. Aber Herr Beermann besaß neben den Anteilen an dieser Firma auch noch etwas ganz anderes: ein gigantisches Vermögen, dessen Anfang aus Beutekunst bestand und das er dann geschickt durch seine Arbeit im Bergbau weltweit vermehrt hat. Ihm gehörten riesige Aktienpakete, Anteile an lukrativen Unternehmen, eine bedeutende Firma für die Verwertung von Patenten und so weiter. Die Werte haben sich irgendwann von selbst vervielfacht. Aber das alles gehörte Beermann nicht allein. Er hatte einen Compagnon in Amerika, Thomas Dullas. Ich traf mich mit ihm in Toronto nach Beermanns Ermordung, damit er mich über alles aufklären konnte. Er erzählte mir, dass er durch üble Gestalten dazu gezwungen werden sollte, alles zu verkaufen.«

»An wen?«, wollte Sibylle wissen.

»Wer genau dahinter steckte, wird man nie herausfinden. Es wurde aber ein Amerikaner gefasst, der die Morde in Auftrag gegeben hatte. Er war sozusagen eine Zwischenstation in der Kette der Leute, denen an meinem Tod gelegen war. Dieser Mann hatte auch veranlasst, dass Thomas ermordet wurde. Gerade, als er sich von meinem Apartment in Toronto auf den Weg zum Flughafen machte, wurde er auf offener Straße erschossen. Ich habe den Mord vom Fenster aus beobachtet.«

»Das ist ja schrecklich.«

»Ja, und dann bin ich in die USA geflogen und wurde vom FBI beschützt und verhört. Um mein Leben zu bewahren, durfte ich dieses verdammte Vermögen einfach nicht mehr besitzen. Also habe ich es mithilfe einer grandiosen Anwaltskanzlei, die Beziehungen bis in die höchsten Stellen des Staates Delaware hat, in eine Stiftung eingebracht.«

»Von wem wird diese Stiftung geleitet?«

»Von Cathy Arrowsmith, der ehemaligen Assistentin des ermordeten Thomas Dullas.«

»Ist sie vertrauenswürdig?«

»Absolut. Es gibt im Geschäftsleben kaum einen Menschen, dem ich so vertraue wie dieser Frau. Sie ist die Präsidentin der Stiftung, und ich bin der Kuratoriumsvorsitzende. Aber ich kümmere mich nicht weiter darum. Ich lese Cathys Berichte und telefoniere vielleicht einmal im Monat mit ihr. Die Aktivitäten, die Finanzen und alles, was wichtig ist, werden von einer bekannten Beratungsfirma kontrolliert. Und der Staat Delaware checkt alles gegen, da er ja Steuerfreiheit für die Stiftung garantiert. Aber ich bin noch nicht fertig. Als ich wieder in Deutschland und die Stiftung noch nicht eingetragen war, hat man mir einen Auftragsmörder auf den Hals geschickt. Man wollte mich weghaben, bevor die Stiftung existierte, um dann meine Erben zum Verkauf zu bewegen – milde ausgedrückt...«

»Oh nein.«

»Das Attentat missglückte, da das Dach einstürzte, von wo aus der Typ mich abknallen wollte. Es wurden also die Leute, die für die Morde unmittelbar verantwortlich waren, gefasst und verurteilt. Auch das Mordbüro in Amerika, das den Killer geschickt hatte, wurde identifiziert. Aber wer nun wirklich dahinter steckte und die Morde in Auftrag gegeben hat, weiß niemand.«

Die beiden schwiegen sich eine Weile an. Sibylle dachte intensiv nach und sagte dann: »Also, Cathy entscheidet, was mit den Wertanlagen geschieht. Ich nehme an, sie wird gelegentlich mal etwas verkaufen oder auch ankaufen?«

»Richtig, wobei wir uns einig sind, dass nicht großartig spekuliert wird.«

»Aber du als Kuratoriumsvorsitzender hättest die Macht, ihr zu sagen oder sie zu beeinflussen, etwas zu verkaufen?«

»Sicher, aber das tu ich nicht.«

»Und wenn du nicht mehr Kuratoriumsvorsitzender wärst, könnte theoretisch jemand diesen Posten bekleiden, der es sehr wohl tun würde. Und damit finge dann alles von vorn an.«

»Das ist richtig. Er könnte sogar Cathy entlassen und jemanden einsetzen, der nach seiner Pfeife tanzt. Darüber habe ich noch gar nicht nachgedacht. Ich muss Cathy anrufen und sie fragen, ob es in letzter Zeit Anfragen gab.«

»Tu das. Am besten jetzt gleich.«

Er ging von der Sitzecke zu seinem Schreibtisch und holte aus der Schublade ein Telefon heraus. Sibylle wunderte sich, dass er nicht den Apparat nahm, der auf seinem Tisch stand und Amadeus sagte: »Dieses Teil ist absolut abhörsicher, sauteuer, aber effektiv.«

Ein paar Sekunden später hatte er Cathy an der Strippe. An der Ostküste der USA, wo sie ihr Büro hatte, war es jetzt zehn Uhr morgens. Folglich begrüßte sie ihn mit einem freundlichen »Good morning, Amadeus«.

Sie bestätigte, dass sie des Öfteren Offerten bekam, doch dieses oder jenes zu verkaufen. Gewundert hatte sie sich, dass in letzter Zeit drei Angebote für den Kauf des Unternehmens kamen, das eine große Zahl von Patenten sein Eigen nannte. Sie hatte abgelehnt, weil im Kuratorium Einigkeit bestand, diese Firma nicht zu veräußern, weil auch etliche Patente militärisch genutzt werden konnten. Dann kam allerdings ein Kuratoriums-mitglied, Ben Fisher aus Washington D.C., der sie zum Verkauf überreden wollte. Ein Interessent hatte Kontakt zu ihm aufge-nommen und war bereit, mehrere Milliarden Dollar zu zahlen. »Ich habe Ben gesagt, dass ich nicht verkaufe. Ein Verkauf käme nur infrage, wenn das Kuratorium einstimmig beschließt, es doch zu tun. Ich weiß ja, dass du dagegen bist.«

»Ben war für den Verkauf? Das ist ja ein Ding. Auf der letz-ten Sitzung herrschte Einigkeit, dass ein Verkauf nicht zur De-batte steht.«

»Das hat mich ja auch gewundert. Möglicherweise versucht der Interessent, diese Einigkeit im Kuratorium aufzuweichen, indem man an die einzelnen Mitglieder direkt herangeht. Wer weiß, was er Ben geboten hat? Für mich riecht das nach Korrup-tion. Vielleicht sollten wir eine außerordentliche Sitzung einbe-rufen.«

»Danke, Cathy. Ich melde mich wieder bei dir. Und noch etwas: Bitte organisiere Personenschutz für dich. Es ist egal, was es kostet. Nimm die Besten, die es in der Branche gibt.«

»Meinst du, ich bin in Gefahr?«

»Keine Ahnung. Tu einfach, was ich dir gesagt habe. Mit der Waffenlobby ist nicht zu spaßen. Das ist die reinste Mafia.«

Er beendete das Gespräch und sagte: »Scheiße, jetzt geht das wieder los.«

Dann erklärte er Sibylle, was Cathy gesagt hatte.

»Amadeus, es gibt nur eine Möglichkeit, dich aus der Schuss-linie zu bringen. Steige aus dem Kuratorium aus. Wenn du nichts mehr damit zu tun hast, hat niemand mehr ein Interesse daran, dich zu beseitigen.«

»Und wie kannst du mir nun konkret helfen?«

»Ich denke darüber nach und melde mich.«

»Und in der Zwischenzeit werde ich umgebracht?«

»Nein, das kann ich dir garantieren.«

»Sibylle, ich habe die Schnauze voll. Ich habe mich von diesem gigantischen Vermögen getrennt, weil ich es nicht brauche und weil es zum Teil auf unmoralische Weise entstanden ist. Aber der Hauptgrund war die Sicherheit für meine Familie und mich. Und nun will man mir doch wieder ans Leder, weil ich als Kuratoriumsvorsitzender immer noch einen gewissen Einfluss habe. Also, ich schicke gleich eine E-Mail an Cathy, dass sie eine Presseinformation herausgeben soll, dass ich mit sofortiger Wirkung von meinem Amt zurücktrete.«

»Das ist das Beste, was du tun kannst, Amadeus. Trotzdem werde ich dranbleiben und nachforschen. Ich denke, ich sollte morgen in die USA fliegen und den Stier bei den Hörnern packen.«

»Wenn du dir etwas davon versprichst, tu es. Ich zahle gern alle Aufwendungen.«

DUDERSTADT / GÖTTINGEN

Wieder zu Hause berichtete Sibylle ihrem Mann von der Begegnung mit Amadeus: »Ich bin richtig froh, ihn getroffen zu haben. Jetzt habe ich eine Aufgabe, die mir Spaß macht, und ich kann mich für die Guten einsetzen.«

»Pass bloß auf, dass es nicht überhandnimmt«, sagte Manfred, »am Ende wirst du noch heiliggesprochen.«

Dann bestellte sie sich für den nächsten Tag ein Flugticket im Internet.

Die Rechtsmedizin hatte ihr Gutachten bezüglich des ermordeten Mannes von der Gewerbeaufsicht abgeliefert. Dass das Opfer durch einen Kopfschuss aus unmittelbarer Nähe getötet wurde, war von Anfang an ziemlich klar gewesen. Mit

Verwunderung nahm der leitende Beamte bei der Kriminalpolizei allerdings zur Kenntnis, dass der Verstorbene direkt vor seinem Hinscheiden offenbar Unmengen von Mettwurst gegessen hatte. Und zwar ausschließlich Mettwurst, nichts anderes. Laut Gutachten konnte dieser *Wurstgenuss,* wenn man es denn überhaupt so bezeichnen durfte, nicht verdaut werden, da das Opfer unmittelbar danach getötet worden war, wahrscheinlich sogar während des Essens, da sich auch in der Speiseröhre noch Wurst befunden hatte.

Wer, um Himmels willen, frisst denn kiloweise Mettwurst und lässt sich dann erschießen?, sinnierte Kriminalhauptkommissar Ludger Biederitz vor sich hin. *Ich muss wissen, um was für Mettwurst es sich handelt: Eichsfelder Stracke oder Kälberblase, Ahle aus dem Göttinger Raum oder Harzer Schlackwurst,* dachte er. Der Rechtsmediziner sagte ihm, es sei zwar schwierig, aber er würde es schon herauskriegen, wenn er sich erkundigte, welche Bestandteile welche Wurst enthielt. Nach ein paar Tagen hatte er das Ergebnis, das er dem Hauptkommissar nun telefonisch mitteilte: »Eichsfelder Kälberblase.«

»Und warum Kälberblase und nicht Stracke? Oder Harzer Knüppel?«

»Das hat etwas mit der Konsistenz und dem Härtegrad zu tun. Wir können uns ja gern mal zu einem Wurstessen treffen, dann merken Sie den Unterschied.«

»Nein, danke«, sagte Ludger Biederitz, »ich werde wohl erst mal ein paar Tage vegetarisch speisen.«

Aufgrund dieser Information sah er sich noch einmal die Liste der Gaststätten an, die das Opfer am Tage seines Hinscheidens zu kontrollieren hatte.

Es waren insgesamt fünf. Also setzte er sich ins Auto und besuchte noch einmal alle Lokalitäten. Vier hatte er bereits abgeklappert, als er seinen Wagen vor Manfreds Landhaus parkte. In zweien führte man Eichsfelder Spezialitäten. Manfred ging mit Herrn Biederitz in das heute leer stehende Restaurant. Sibylle stieß dazu. Der Kommissar war erstaunt, als Manfred ihm erzählte, dass er immer einen gewissen Vorrat an Eichsfelder Wurst da habe. Dass ein solches Spitzenrestaurant derart Rustikales anbiete, hätte er nicht gedacht. Daher ließ er sich von Manfred belehren: »Einmal in der Woche werden hiesige Spezialitäten angeboten. Selbstverständlich gehört dazu auch diese grandiose Wurst aus Warmverarbeitung.«

Auch bei Sibylle fühlte der Kommissar noch einmal nach. Diese konnte ihm allerdings nur versichern, dass der Herr von der Gewerbeaufsicht nicht das Restaurant betreten hatte. Und nein, sie hatte ihm auch keine Wurst mitgegeben.

»Dann frage ich mich nur, was der Mann laut Mobilfunkprovider eine Dreiviertelstunde lang hier gemacht hat.«

»Das weiß ich doch nicht«, gab Sibylle zurück, »ich habe mich vielleicht eine Viertelstunde mit ihm unterhalten. Als ich wieder ins Haus ging, hat er sich in seinen Wagen gesetzt, ist aber nicht gleich gefahren. Vielleicht hat er Pause gemacht und etwas gegessen.«

»Haben Sie gesehen, was er gegessen hat?«

»Ich sagte nicht, dass ich ihn beim Essen gesehen habe, sondern ich vermute es, weiß es aber nicht. Vielleicht hat er ja auch telefoniert, etwas in seinen Laptop getippt oder geschlafen. Ich habe mich weiter nicht um ihn gekümmert.«

Unverrichteter Dinge, aber mit einem flauen Gefühl im Magen, verließ er das Restaurant. Natürlich hätte sich der Mann auch bei jedem Schlachter in der Gegend eine Wurst kaufen können, dachte er und beschloss, am nächsten Tag einen Mitarbeiter mit einem Bild des Opfers zu allen Metzgern zu schicken. Als Hauptkommissar Biederitz zu seinem Wagen ging und sich noch einmal umschaute, sah er in der oberen Etage des Hauses eine alte Frau am Fenster. Also fragte er Sibylle: »Wer ist denn die Dame dort oben?«

»Das ist meine Tante Alma Louise. Sie wohnt hier mit ihrem Freund. Das Anwesen gehört ihr.«

»Dann muss ich sie sprechen.« Also machte er kehrt und ging auf das Haus zu.

Das Gespräch mit der Alten und ihrem komischen Lebensgefährten hätte er sich auch sparen können, dachte Biederitz, als er sich auf dem Heimweg befand. Selten hatte er sich mit einer derart unsympathischen Frau unterhalten. Sie hatte ihn behandelt wie einen Idioten. Was er sich denn denke, einfach unangemeldet aufzukreuzen. Was sie wann und wo gesehen habe, ginge ihn gar nichts an. Und der alte Heini hatte ständig irgendwelche Brocken auf Französisch dazwischen geworfen. Die konnten beide nicht ganz dicht sein.

* * *

Spät am Abend machte Sibylle eine Spiegelung ihrer Festplatte. Anschließend zerstörte sie diese und ihren ganzen Laptop, um ihn in die Mülltonne zu werfen. Einige Daten waren einfach zu gefährlich, falls sie in falsche Hände gerieten. Jetzt, wo sich die Polizei hier herumtrieb, wollte sie vor ihrer Abreise alles absichern. Stattdessen stellte sie einen anderen Laptop mit rein privaten Daten auf ihren Schreibtisch.

Am nächsten Morgen war Sibylle bereits um sechs Uhr Richtung Frankfurt gefahren, um ihren Flug in die USA zu erreichen. Für den nächsten Tag hatte sie ein Gespräch mit ihrem Kontaktmann bei der Sicherheitsfirma vereinbart, von der sie gelegentlich Aufträge bekam.

Währenddessen ging es in der Küche des Restaurants hoch her. Man erwartete zum Mittagessen eine Hochzeitsgesellschaft, die bis zum Kaffeetrinken bleiben sollte. Danach müsste dann der normale Restaurantbetrieb für den Abend vorbereitet werden. Also volles Programm für das kleine Team. Nora, eine gelernte Konditorin, die ganz nebenbei auch ein Naturtalent der Kochkunst war, hatte es sich nicht nehmen lassen, die Hochzeitstorte vorzubereiten. Da es sich um eine schwule Hochzeit handelte, hatten sich die beiden Heiratswilligen ein männliches Liebespaar aus Marzipan für die Torte gewünscht. Nora, ein kleines resolutes Persönchen von Mitte dreißig, legte nun ihr ganzes künstlerisches Empfinden in die Gestaltung der Pärchenskulptur. Sie hatte schon Bildbände gewälzt, im Internet nach dem einen Motiv gesucht, das sie vor ihrem inneren Auge sah, war aber noch immer unzufrieden. Da fiel ihr ein, wo sie fündig werden könnte. Sie hatte mal eine grässlich-kitschige Jugendstil-Tischlampe bei ihrer Tante gesehen, deren langer Fuß ein nacktes Liebespaar darstellte. Wenn ihr inneres Auge sie nicht im Stich ließ, schmiegte der Mann sich von hinten an seine Geliebte. Mit einem Arm bedeckte er eine Brust, mit dem anderen liebkoste er tiefere Regionen. »Das ist es«, jubelte sie und rief sogleich ihre Tante an, die ganz verwundert war, nach diesem Relikt der Geschmacklosigkeit gefragt zu werden. »Kind, komm vorbei und hol sie dir, sonst schmeiße ich sie bei nächster Gelegenheit weg. Die stand ja hier nur rum, weil dein Onkel sie mochte. Da er aber nun zwei Meter tiefer ruht, hat er ja nichts mehr davon.«

Nora war gerettet. Sie nahm einen Haufen selbst zubereiteten Marzipans und bildete die Figur nach. Nur dass sie aus der zu liebkosenden Frau einen Mann machte. Zum Schluss verpasste sie ihm noch einen etwas großzügig gestalteten Penis. Ohnehin wirkte die ganze Skulptur ziemlich massig in der Relation zur Torte. Nora, die schon immer künstlerisch ambitioniert war, wusste, dass man die Wirklichkeit überzeichnen muss, damit sie vom Betrachter wahrgenommen wird. Ein letztes Mal überprüfte sie mit strengem Blick ihre Kreation. Nora war mit ihrem Werk nicht nur zufrieden, sie war begeistert. Dann legte sie ihren Modellierstab aus der Hand und rief das gesamte Team zur Begutachtung. Jeder ging einmal rund um den Tisch, um dieses Opus kulinarischer Skulpturenkunst zu bewundern. Manfred, Matti, der zweite Koch, Elly, die Küchenhilfe, Anna und Enrico, die beiden Servicekräfte, waren zunächst vor Erstaunen verstummt. Matti war der Erste, der die Sprache wiederfand: »Also, von hinten sieht es ganz fantastisch aus. Dieser Rücken... und der knackige Arsch erst.«

Allgemeines Kichern. Manfred atmete noch einmal tief durch und sagte: »Bist du verrückt geworden? Dieses pornografische Machwerk kommt mir nicht unter die Augen der Gäste! Mach sofort diesen Monsterpimmel ab!«

Jetzt konnte sich niemand mehr vor Lachen halten. Außer Nora. Sie fühlte sich zutiefst getroffen und brüllte: »Ihr seid doch alle bescheuert. Und der Pimmel bleibt dran.«

Manfred rang nach Worten und brachte schließlich hervor: »Hast du dir mal Gemälde von Leonardo angesehen? Da sind die Genitalien so klein, dass man sie mit der Lupe suchen muss.«

»Ja, so wie bei dir.«

»So redest du nicht mit mir. Pimmel ab! Sonst mach ich es selbst.«

Alle außer Nora fanden die Auseinandersetzung saukomisch. Schließlich beugte sie sich der Anweisung des Chefs und ersetzte das Corpus Delicti durch einen lediglich angedeuteten Penis.

Der Tag war für Manfred zwar anstrengend gewesen, aber sehr befriedigend. Er hatte die erste Hochzeit im eigenen Restaurant zur höchsten Zufriedenheit der Gäste über die Bühne gebracht. Die Torte war der Knaller gewesen. Das Hochzeitspaar bestand darauf, Nora aus der Küche zu holen, damit es sich persönlich bei ihr bedanken konnte.

BROOKLYN, NEW YORK

Sibylle genoss es, mal wieder in New York zu sein. Sie hatte durch die Zeitverschiebung ein paar Stunden gewonnen, die sie zum Ausschlafen nutzte. Am Morgen frühstückte sie in ihrem

erstklassigen Hotel in Brooklyn und ließ sich dann mi
Taxi zum Stadtteil Vinegar Hill fahren, wo sich das renom
te Unternehmen Timmons & Duke befand. Hier hatte sie l
ein Gespräch mit Ken Bierman, dem Leiter der Abteilung
dcraufgaben. Da sie früh dran war, schlenderte sie noch et\
durch die Straßen. Vinegar Hill, am Ufer des East River ge\
gen, war früher eine Gegend für Arbeiter gewesen, die in d\
großen Werft und einigen Fabriken ihr Geld verdienten. Di\
Werft war lange stillgelegt und die Fabriken nach außerhalb ab-
gewandert. Die meisten Arbeiterwohnungen waren inzwischen
luxussaniert, und die Fabrikgebäude aus dem 19. Jahrhundert
beherbergten etablierte Firmen und Start-ups, außerdem Gale-
rien, Museen und Restaurants. Einige Straßen hatten noch das
alte Großsteinpflaster, sodass die Autos langsam fahren mussten.
Inzwischen konnte es sich niemand mit normalem Einkommen
mehr leisten, hier zu wohnen.

Als sie die Water Street nahe der Manhattan Bridge erreichte,
war sie einfach nur beeindruckt, wie sich die Gegend entwickelt
hatte. Timmons & Duke residierte in einem ehemaligen Fabrikgebäude, dessen alte Fassade teilweise erhalten, aber mit sehr
viel Glas transparent gemacht worden war. Ein bescheidenes
Schild wies auf das Unternehmen hin. Man war zu vornehm,
Reklame zu machen, und hatte es offenbar auch nicht nötig.
In der großen Empfangshalle standen neben mehreren großen
modernen Skulpturen einige höflich dreinschauende Security-
Leute herum, die mit geschultem Blick jeden, der hereinkam,
unauffällig taxierten. Eine gut gelaunte Empfangsdame, für
deutsche Verhältnisse unnatürlich freundlich, meldete Sibylle an
und sagte ihr, sie möge in den fünften Stock fahren. Sie würde
dort erwartet.

Ken Bierman hatte sich selbst zum Aufzug bemüht, um seinen Gast aus Deutschland zu begrüßen. Sie hatte ihn vor ein
paar Jahren persönlich kennengelernt. Er empfing sie wie eine
alte Freundin, mit der er schon in der Sandkiste gespielt hatte,

küsste sie auf beide Wangen und erkundigte sich nach ihrem Befinden. Das war Amerika, wie sie es kannte. Aber sie wusste auch, dass sich hinter der Fassade aus Herzlichkeit das knallharte Geschäft verbarg. Kens Büro konnte einem den Atem rauben. Es war ein kunstvoll gestalteter Saal, in dem vor Jahrzehnten vielleicht fünfzig Näherinnen gesessen hatten, um in stickiger Luft schlecht bezahlte Akkordarbeit zu verrichten. Eine Lücke zwischen zwei hohen Gebäuden auf der John Street gab einen grandiosen Ausblick auf den East River und Süd-Manhattan frei. So etwas sah man sonst nur in Filmen. Dass es solche Büros mit einer derart fantastischen Aussicht tatsächlich gab, kam Sibylle jetzt unwirklich vor.

Ken war einer von mehreren Vizepräsidenten des Unternehmens, das sich in der Sicherheitsbranche ganz oben platzierte und über einen Kundenkreis verfügte, der für derlei Dienstleistungen unvorstellbare Summen zu zahlen bereit war. Die Qualität des angebotenen Portfolios konnte vor allem durch zwei Dinge gewährleistet werden: Technik und Information. Kein Außenstehender hatte eine Vorstellung, wie viele hochkarätige Computerspezialisten für die Firma arbeiteten. Und niemand ahnte, welche Beziehungen das Unternehmen zur Polizei und den Geheimdiensten unterhielt – offiziell und noch mehr inoffiziell.

Ken war ein Mann von Anfang fünfzig. Als studierter Jurist hatte er zunächst zehn Jahre bei der Staatsanwaltschaft gearbeitet. Die Frustration über diesen Job und die Aussicht, in einem anderen Wirkungskreis wesentlich mehr Geld zu verdienen, veranlasste ihn schließlich, das Angebot von Timmons & Duke anzunehmen. Er kannte die Machenschaften leitender Beamter und Politiker ebenso gut wie die der Verbrecher. Aus der ernüchternden Einsicht heraus, dieses System nicht ändern zu können, hatte er beschlossen, davon zu profitieren. Skrupel moralischer Art kannte er nicht. Sein sympathisches Äußeres und die Ruhe, die er ausstrahlte, sorgte bei seinen Geschäftspartnern und Kunden für Vertrauen. Das konnte zumindest bei Sibylle nicht darüber hinwegtäuschen, dass er, wenn nötig, über Leichen ging.

Nach den üblichen Erkundigungen, wie es ihr ging und ob sie mit ihrem neuen Leben in Deutschland zufrieden sei, fragte Ken ganz unverhohlen: »So, und nun erzähl mal, was ich für dich tun kann. Dir liegt doch etwas auf der Seele.«

»Ken, wir arbeiten seit Jahren gut zusammen. Ich bin dir dankbar, dass du mich immer wieder mit Aufträgen versorgst. Und ich denke, dass du das nicht tun würdest, wenn du nicht zufrieden mit der Ausführung wärst.«

»Genauso ist es«, gab er lächelnd zurück.

»Jetzt hast du mir allerdings einen Auftrag erteilt, den ich nicht ausführen kann.«

»Warum nicht?«

»Das Problem ist, dass ich den Mann, um den es geht, persönlich kenne. Er ist der einzige Verwandte meiner alten Lehrerin, die ich sehr schätze.«

»Nun, dann erledigt den Job eben ein Anderer. Persönliche Beziehungen sind schlecht für die Arbeit, das weißt du. Also, kein Problem. Vergiss den Auftrag einfach.«

»Das kann ich nicht. Ich möchte nicht, dass diesem Mann etwas zustößt. Außerdem habe ich herausgefunden, dass es aus Sicht deines Auftraggebers völlig überflüssig wäre, ihn zu beseitigen.«

»Wie das?«

»Es geht dem Auftraggeber darum, dass Amadeus nicht länger den Verkauf eines Unternehmens blockiert. Und genau dieses Problem ist gelöst. Er kann die Sache nicht länger blockieren, weil er aus seiner Position ausgeschieden ist.«

»Willst du mir sagen, dass du den Auftraggeber kennst?«

»Ich kenne ihn nicht. Aber ich weiß, dass er aus der Rüstungsindustrie kommt.«

Beide schwiegen eine endlos lange Minute, bis Ken ganz ruhig und besonnen sagte: »Sibylle, unser Unternehmen lebt von der Verlässlichkeit unseren Kunden gegenüber. Wenn wir einen Auftrag annehmen, dann wird er zur hundertprozentigen Zufriedenheit des Kunden ausgeführt. Sobald wir anfangen, über dessen Motive nachzudenken oder gar recherchieren, wie du es getan hast, können wir einpacken. Der Postbote, der dir das bestellte Buch ins Haus bringt, denkt doch auch nicht darüber nach, ob die Lektüre gut für dich ist. Er weiß gar nicht, welches Buch du bestellt hast, und darf das Paket auf keinen Fall öffnen, um es herauszufinden. Genau so ist es auch in unserem Geschäft. Wir bekommen einen Auftrag, den wir annehmen oder ablehnen können. Nehmen wir ihn an, wird er ausgeführt. Alles andere interessiert uns nicht.«

In diesem Moment wusste Sibylle, dass es ein Fehler war, herzukommen. Trotzdem unternahm sie noch einen Versuch: »Ken, wäre es denn nicht ein ganz besonderer Service, wenn du deinem Kunden die Information geben würdest, über die ich dich gerade unterrichtet habe?«

»Nein. Der Kunde würde denken, dass wir uns in seine Angelegenheiten mischen. Aber lass mich noch etwas darüber nachdenken. Letztendlich muss diese Entscheidung Bernard treffen. Er steht im persönlichen Kontakt mit diesem Klienten.«

Bernard Timmons war der Präsident und Gründer des Unternehmens, der in der obersten Etage des Gebäudes residierte und alle Fäden in der Hand hielt. Ken gehörte zu den wenigen Leuten in der Firma, die ständig Zugang zu ihm hatten.

»Ich könnte mir vorstellen, dass Amadeus euch großzügig entschädigt, wenn es nicht zur Auftragsabwicklung kommt.«

»Sibylle, darum geht es nicht. Hier geht es um die Glaubwürdigkeit und Zuverlässigkeit unserer Firma den Kunden gegenüber. Ein grober Fehler, und wir sind weg vom Markt. Die Situation ist jetzt, wie sie ist. Wir werden das Beste daraus machen. Ich unterrichte dich heute Abend, wie wir uns entschieden haben. Ich lasse dich nachher aus dem Hotel abholen, sagen wir um 19.00 Uhr. Der Fahrer bringt dich zu meinem Landhaus am

Candlewood Lake, das ist ungefähr anderthalb Stunden Fahrt um diese Zeit. Du kannst dann gleich bei uns übernachten. Also nimm deinen Koffer mit. Ich sage meiner Frau Bescheid, dass sie etwas Tolles zu Essen macht.«

»Aber mach dir doch keine Umstände.«

»Das sind keine Umstände. Es ist so einsam da draußen, dass meine Frau sich immer freut, wenn Besuch kommt. Außerdem haben wir eine hervorragende Köchin, die schließlich auch beschäftigt sein will.«

»Überredet, wenn du mich morgen zum Flughafen bringen lässt.«

»Das ist kein Thema.«

Sie verabschiedeten sich. Ken nahm die Treppe, um zu Bernard Timmons zu gehen, während Sibylle Richtung Aufzug ging. Kurz davor befand sich das Sekretariat. Eine gut aussehende Dame lächelte ihr freundlich zu und Sibylle fragte: »Können Sie mir vielleicht helfen?«

»Ja, gern. Was kann ich für Sie tun?«

»Ich bin bei Ken und seiner Frau in deren Landhaus eingeladen. Da ich seine Frau nicht kenne, wüsste ich gern, womit ich ihr eine Freude machen könnte. Kennen Sie Kens Frau?«

Die Dame machte große Augen und sagte: »Ken hat keine Frau. Er ist einer der begehrtesten Singles in der Firma. Und dass er ein Landhaus hat, ist mir neu. Er ist der geborene Stadtmensch.«

»Oh, da muss ich etwas falsch verstanden haben.«

Sibylle beeilte sich, ein Taxi zu nehmen, um ins Hotel zu fahren.

Im Hotelzimmer, nach etwas Abstand von Kens freundlichem Getue, war Sibylle klar, dass sie einen riesengroßen Fehler gemacht hatte. Sie hätte nicht herkommen dürfen. Welcher Teufel hatte sie nur geritten, zu glauben, dass sie sich ungestraft in die Geschäfte von Timmons & Duke einmischen konnte! Sie war nur eine kleine Dienstleisterin. Denken war unerwünscht. Und wenn Ken herausfinden würde, dass sie Amadeus bereits informiert hatte, wäre sie sowieso tot. Sie durfte diese Einladung zum Essen um nichts in der Welt annehmen. Vermutlich würde man sie schon auf dem Weg dahin erledigen. Und wenn nicht, dann eben in seinem Haus, falls es das tatsächlich geben sollte.

Ich habe einfach ein zu gutes Herz für diesen Job, sagte sie zu sich selbst. *Ich wollte Lilly und ihrem einzigen Verwandten helfen, und das habe ich jetzt davon. Aber dieser Amadeus ist einfach so sympathisch, dass ich mich als Retterin aufspielen wollte. Scheiße!*

Sie packte ihren Koffer und nahm ein Taxi zum Kennedy Airport, der ja ganz in der Nähe lag. Sie hatte Glück und konnte auf eine frühere Maschine umbuchen. In zwei Stunden würde sie im Flieger Richtung Frankfurt sitzen.

* * *

»Da hast du ein echtes Problem, Ken«, sagte Bernard Timmons.

»Das werde ich heute noch lösen. Ich habe sie zum Dinner in mein Landhaus eingeladen.«

»Seit wann hast du ein Landhaus?«

»Hab ich ja gar nicht. Aber das weiß Sibylle nicht. Ein Chauffeur wird sie abholen und durch die schöne Landschaft nördlich der Stadt fahren. Da verliert sich dann ihre Spur. Sie wird nie wieder auftauchen. Und auf diesen Amadeus werde ich jemand anderes ansetzen.«

»Was bekommen wir denn eigentlich für den Auftrag?«

»Eine Million. Hunderttausend davon gehen an den Vollstrecker.«

»Gut. Dann hast du ja alles im Griff.«

* * *

In der Abflughalle wählte Sibylle die Nummer von Ken, der gerade an seinem Schreibtisch saß, um die Vorbereitungen für den Abend in Angriff zu nehmen. Als er sah, wer da anrief, nahm er sofort ab: »Sibylle«, sagte er freundlich.

»Ken, ich muss unser heutiges Dinner absagen. Ich habe gerade einen Anruf aus Deutschland erhalten und muss dringend zurückfliegen.«

»Oh, das ist schade. Ich hatte mich schon so gefreut. Außerdem wollte ich dir die guten Nachrichten eigentlich persönlich mitteilen. Bernard hat zugestimmt. Er hat gleich mit dem Auftraggeber telefoniert, der uns sehr dankbar war für die Information, die von dir kam. Also, alles im grünen Bereich.«

»Da bin ich aber erleichtert.«

»Ich auch. Also, guten Flug! Und das Abendessen holen wir nach.«

»Ganz bestimmt.«

Als er das Gespräch beendet hatte, haute er auf den Tisch und brüllte: »Verdammtes Luder!«

Im Flugzeug kreisten ihre Gedanken um Ken. Was hatte er vor? Sie hatte sich und Amadeus in Lebensgefahr gebracht. Sie musste sich etwas einfallen lassen. Wie sollte sie aus dieser Nummer wieder rauskommen? Ihre überstürzte Abreise konnte ihr vielleicht ein paar Tage Luft verschaffen, aber Timmons & Duke waren in der Lage, ihre Tentakel in alle Richtungen auszustrecken, weltweit. Ihre Tätigkeit für diese Firma war ja der beste Beweis dafür. Als der Flieger am frühen Morgen in Frankfurt landete, hatte sie eine Entscheidung getroffen. Sie musste den Stier bei den Hörnern packen, diesmal aber richtig.

Todmüde, weil sie nicht geschlafen hatte, und zusätzlich von der Zeitumstellung zermürbt, kam Sibylle vormittags in Duderstadt an. Auf die Fragen ihres Gatten ging sie gar nicht ein. Also ließ er sie in Ruhe. Sie hüpfte unter die Dusche und dann ins Bett. Als sie nach ein paar Stunden Schlaf wieder munter war, rief sie Amadeus an: »Amadeus, hier ist Sibylle. Wir müssen uns sehen. Heute. Komm bitte abends in das Restaurant meines Mannes. Da besprechen wir alles.«

»Aber...« Sie wimmelte ihn ab: »Am Telefon keine Erklärungen. Wir werden alles besprechen. Und noch etwas: Besorg dir schnellstens die besten Bodyguards, die du kriegen kannst.«

Danach rief sie Ken in New York an: »Du verstehst, dass ich so schnell abgereist bin?«

»Du wirst deine Gründe gehabt haben.«

»Die hatte ich. Ich möchte dir nur mitteilen, dass du beten solltest, dass mir und Amadeus nichts zustößt. Denn sollte dies der Fall sein, werden meine Aufzeichnungen und Unterlagen, die alle feinsäuberlich digitalisiert sind, an die entsprechenden Behörden gehen.«

»Ich verstehe nicht, wovon du redest?«

»Gut, dann ist ja alles in bester Ordnung. Übrigens: viele Grüße an deine Frau.« Dann legte sie grinsend auf.

Nach dem beunruhigenden Gespräch mit Sibylle rief Amadeus die Security-Firma an, die er schon mal engagiert hatte. Der Chef wollte innerhalb der nächsten Stunde persönlich vorbeikommen. Kaum hatte er aufgelegt, läutete sein Telefon schon wieder. *Tante Lilly, auch das noch.*

»Tante Lilly, hallo.«

»Hallo, mein einziger Lieblingsgroßneffe. Ich wollte dich fragen, wie du mit Sibylle verblieben bist.«

»Wieso, was ist denn mit Sibylle?«

»Nun stell dich nicht dumm. Sie hatte mir etwas Beunruhigendes erzählt.«

»Ach, Tante Lilly, das hat sich alles geklärt. Sie ist gerade aus Amerika zurück, und heute Abend treffe ich mich mit ihr in Duderstadt im Restaurant ihres Mannes.«

»Also ist es noch nicht geklärt. Ich muss dir nämlich noch etwas über Sibylle sagen. Es besteht der Verdacht, dass sie selbst nicht ganz koscher ist.«

»Wie kommst du denn darauf?«

»Ich wollte es dir nicht erzählen. Aber es lässt mir keine Ruhe. Möglicherweise ist sie selbst so eine Art Auftragsmörderin.«

»Tante Lilly, für solche Scherze habe ich im Moment keine Zeit.«

»Die wirst du dir aber nehmen müssen. Auf jeden Fall werde ich dann heute Abend auch nach Duderstadt kommen, um sie im Auge zu behalten.«

»Das wirst du ganz bestimmt nicht tun.«

»Du wirst mich nicht daran hindern, meinen Großneffen zu beschützen.«

Obwohl Lilly nach dem Treffen mit Sibylle und Manfred einen eher positiven Eindruck von ihrer ehemaligen Schülerin hatte, so beschlich sie mittlerweile ein merkwürdiges Gefühl. War vielleicht doch etwas Wahres dran an Anteks Verdacht? Nach ihrem Besuch im Eichsfeld meldete sich ihre ehemalige Schülerin prompt bei ihr, mit der Bitte, Kontakt zu Amadeus aufzunehmen. Angeblich würde er in Gefahr schweben. Dann flog sie nach Amerika, und nun wollte sich Amadeus schon wieder mit ihr treffen. Da war doch etwas oberfaul. Sie würde heute nach Duderstadt fahren und darauf bestehen, dass man ihr reinen Wein einschenkte. Sie rief Antek Spielmann an. Zum Glück war er inzwischen aus Polen zurückgekehrt und erklärte sich bereit, sie nach Duderstadt zu begleiten. Sicherlich wäre es nicht schlecht, auch Gretel Kuhfuß als Verstärkung mitzunehmen, zumal ihr die Gesellschaft des alten Drachens, wie sie ihre Freundin manchmal scherzhaft nannte, fehlte.

Amadeus traf bereits kurz nach 17.00 Uhr in Duderstadt ein. Da das Restaurant noch nicht geöffnet hatte, setzte sich Sibylle mit ihm in ihr Büro.

»Amadeus, ich weiß nicht, ob es mir gelungen ist, den Mordauftrag aus der Welt zu schaffen. Meine Hoffnung ist, dass die Auftraggeber inzwischen mitbekommen haben, dass du aufgrund deines Rücktritts nicht mehr die Macht hast, sie daran zu hindern, das zu bekommen, was sie wollen.«

»Aber was soll ich denn machen? Am besten, ich gehe zur Polizei.«

»Amadeus, die Polizei kann dir nicht helfen. Diese Leute spielen in einer anderen Liga. Es ist sogar so, dass ich nun auch befürchten muss, liquidiert zu werden. Schließlich habe ich mich eingemischt.«

»Und was gedenkst du zu tun?«

»Ich habe eine Lebensversicherung. Wenn mir etwas geschieht, platzt eine Bombe. Das heißt, die Leute würden sich selbst in die Luft sprengen. Und ich habe diese Bombendrohung auf dich ausgeweitet. Wenn dir oder mir etwas zustoßen sollte, wird es für sie unangenehm.«

»Ich verstehe zwar nicht, wovon du redest, erahne aber, was du meinst. Denkst du denn, dass das hilft?«

»Ich hoffe es. Aber ich bin mir im Moment noch nicht sicher. Deshalb habe ich dich gebeten, hierher zu kommen. Du musst in nächster Zeit äußerst vorsichtig sein. Fest steht nur, wenn ich nichts unternommen hätte, wäre ich zwar in Sicherheit, aber du wärst vielleicht schon tot.«

»Sibylle, mir ist das alles zu viel. Ich bin hierher von zwei Security-Leuten begleitet worden, die jetzt vermutlich vor deinem Haus stehen. Meine Familie wird bewacht, meine Firma wird bewacht. Soll das jetzt immer so weitergehen?«

»Für eine gewisse Zeit wird das unvermeidlich sein. Wenn wir Glück haben, klärt sich alles, und du bist in Sicherheit.«

Es war nervenaufreibend für Amadeus. Seine große Sorge galt natürlich seiner Frau Marie und seiner kleinen Tochter Lilly. Er war am Überlegen, ob er nicht einfach mit ihnen verschwinden sollte. Das hatte er ja schon einmal gemacht, als man ihm nach dem Leben trachtete. Und trotzdem hatte man ihn aufgespürt. Letzten Endes war es der Dummheit des Attentäters und dem zerfallenen Dach eines alten Schuppens auf dem Grundstück der Familie Sauschläger zu verdanken gewesen, dass er überlebt hatte. Nun ging das alles wieder von vorn los. Wenn das der Preis für Reichtum war, wäre er lieber arm. Er hatte ja bereits ein Riesenvermögen in eine Stiftung eingebracht und mittlerweile auch den Vorsitz daran aufgegeben. Was sollte er denn noch tun?

Sibylle fühlte sich in gewisser Weise für Amadeus verantwortlich. Wenn sie einmal einen Menschen ins Herz geschlossen hatte, versuchte sie, ihn zu beschützen. Sie mochte diesen Kerl einfach. Und Lilly mochte sie auch. Schließlich siegte ihre praktische Ader und sie sagte: »Amadeus, ich habe alles getan, was im Moment möglich ist. Und ich werde auf der Hut bleiben. Jetzt sollten wir den Abend genießen. Deine Tante Lilly hat angerufen und einen Tisch bestellt.«

Amadeus raufte sich die Haare und dachte: Nicht das auch noch! Aber Sibylle redete weiter: »Mein Mann hatte zwar gar keinen Platz mehr, aber er hat es irgendwie hingekriegt. Er hat eine Tafel eindecken lassen für Lilly, eine Freundin von ihr, für Antek und uns. Außerdem müssen meine Tante und ihr Liebhaber Johannes dort mit Platz nehmen. Also eine illustre Gesellschaft.«

»Ach Sibylle, mir ist so gar nicht nach illustrer Gesellschaft zumute. Ich würde mich am liebsten verkriechen.«

»Kommt gar nicht infrage. Jetzt erst recht.«

Es war tatsächlich das eingetreten, was Sibylle ihm während ihres Kurzbesuchs in New York verkündet hatte. Entgegen der resoluten Firmenpolitik hatte man im Fall Besserdich doch ein evaluierendes Gespräch mit dem Auftraggeber geführt. Durch den Rücktritt als Kuratoriumsvorsitzender der Stiftung in Delaware hatte sich die Liquidierung von Amadeus egalisiert. Damit wäre eigentlich alles in bester Ordnung gewesen. Der Auftraggeber war mehr als zufrieden, seinem *Ziel* nun ein entscheidendes Stück nähergekommen zu sein. Und das zu einem Bruchteil des vereinbarten Preises. Die Liquidierungsorder wurde zurückgezogen, stattdessen verständigte man sich mit Timmons & Duke auf die Zahlung eines Beratungshonorars von 250.000 Dollar. Ein Problem gab es jedoch – Sibylle. Sie hatte eine Grenze überschritten. Sie hatte ihm und dem Unternehmen gedroht, sie hochgehen zu lassen, wenn sie nicht taten, was sie verlangte. Timmons & Duke durfte sich unter gar keinen Umständen erpressen lassen. Er könnte nun theoretisch alles auf sich beruhen lassen. Aber was wäre, wenn sie die Firma bei anderer Gelegenheit wieder vor ein Ultimatum stellen würde? Wer es einmal wagt, ein so mächtiges Unternehmen zu erpressen, würde es wieder tun. Er musste sich etwas einfallen lassen. Also ging er zu Bernard Timmons, um ihm die Sachlage darzulegen. Dieser hörte, wie immer, sehr aufmerksam zu und sagte dann: »Ken, ich glaube, du hast ein Problem. Der Fall Amadeus ist erledigt. Aber wir müssen nun etwas hinsichtlich Sibylle unternehmen. Die Frau ist eine wandelnde Zeitbombe. Wer garantiert uns, dass sie nicht bei nächster Gelegenheit die Bombe hochgehen lässt? Wahrscheinlich ist ihre Drohung ein einziger Bluff. Aber was, wenn nicht?«

»Das ist mir klar, Bernard. Ich werde nach Deutschland fliegen müssen, um die Sache zu bereinigen.«

Nachdem Manfred seiner Frau eröffnet hatte, dass Lilly heute unbedingt kommen wollte, und zwar in Begleitung von Antek und einer Freundin, hatte Sibylle ihrer Tante Alma Louise erklärt, dass sie und Johannes heute – ausnahmsweise – zusammen mit diesen Gästen an einer Tafel speisen mussten. Alma Louise hatte zwar die Nase gerümpft, war aber insgeheim froh, auch mal mit anderen Leuten Kontakt zu haben als ausschließlich mit Johannes. Der Mann wurde zunehmend wunderlicher. Gelegentlich wurde er geradezu peinlich, wenn er plötzlich französisch sprach oder irgendwelche zusammenhanglosen Zoten hervorbrachte.

Als Sybille und Amadeus das Restaurant betraten, saßen Lilly, Gretel, Antek sowie Alma Louise und Johannes bereits an der festlich gedeckten Tafel und tranken Champagner auf Kosten des Hauses. Die beiden begrüßten die Anwesenden und setzten sich dazu. Alma Louise trug heute ein lila Kleid mit gewaltigen Schleifen an Dekolleté und Bauch. Antek erinnerte das an eine Art Knallbonbon und, fettnäpfchenresistent wie er war, hatte er natürlich Schwierigkeiten, dies für sich zu behalten oder laut loszulachen. Manfred kam in seiner Chefkochmontur an den Tisch, um die Gäste zu begrüßen und zu verkünden, dass heute der Tag der rustikalen Regionalküche sei.

»Meine verehrten Gäste, als Entrée kredenzen wir eine Eichsfelder Festtagssuppe. Dieser schließt sich geräuchertes Forellenfilet auf Apfel und Salat an. Als Hauptgericht servieren wir Eichsfelder Wurstspezialitäten mit drei Sorten hausgebackenem Brot. Beim Dessert handelt es sich um einen Beerentraum, mit Schmand überbacken und Schaumcreme aus Ei, und selbst produziertem Wacholderschnaps. Alma Louise verzog das Gesicht, während Johannes ausrief: »Welch ein kulinarisches Abenteuer!«

Alma Louise sagte: »Man kann natürlich auch Bratkartoffeln mit Champagner herunterspülen.«

Antek ließ es sich nicht nehmen zu entgegnen: »Kann man. Aber ebenso gut schmecken auch Langusten zu Himbeerbrause.«

Nun wandte sich Johannes an Amadeus: »Hatten Sie schon mal Filzläuse?«

Die Frage war so unwirklich, dass dieser gar nichts damit anfangen konnte und den Alten mit offenem Mund anstarrte. Während Antek und Gretel sich vor Lachen bogen, Alma Louise ihr Gesicht zu einer apokalyptischen Grimasse verzog und Lilly hoch interessiert Amadeus anschaute, legte Johannes nach: »Filzläuse, diese kleinen ekligen Dinger, die einem das Leben verdrießen können?«

Gretel schaute etwas wüst drein und sagte, an das vorherige Thema anküpfend: »Also, ich bade meine Füße gern in Pferdemilch, während ich Schmalzbrote esse und dazu Eierlikör trinke.«

Antek musste noch einen draufsetzen: »Ich bevorzuge es ja, mit dem nackten Hintern im Kartoffelbrei zu sitzen, während ich Schweinskopfsülze mit Lebertran esse und dazu Helene Fischer höre.«

Zum ersten Mal heute musste Amadeus laut lachen. Er mochte Antek zwar nicht besonders, aber Humor hatte er. In diesem Moment wiederholte Johannes seine Frage an Amadeus bezüglich der Filzläuse.

Amadeus entfuhr ein kurzes »Nein.«

Antek hingegen griff diesen Spielball gern auf: »Gegen Filzläuse gibt es nur ein probates Mittel: Alles blank rasieren und mit Öl einreiben. Dann rutschen die Biester aus und brechen sich die Beine.«

Während alle lachten außer Alma Louise, sagte der alte Mann erstaunt: »Das ist eine gute Idee.«

Schließlich wurde das Essen serviert und es wurde ruhiger am Tisch. Gretel hatte schon die ganze Zeit diesen komischen Johannes im Visier. Woher kannte sie den Kerl bloß? Der Groschen fiel zwischen Eichsfelder Wurstplatte und dem mit Schmand überbackenen Beerentraum mit Eierschaum und selbst produziertem Wacholderschnaps.

»Sagen Sie«, sprach sie Johannes an, »sind wir uns nicht schon mal begegnet?«

Ganz erstaunt schaute er Gretel an. »Ich erinnere mich nicht.«

»Ich kannte mal einen Mann, der eine ungeheure Ähnlichkeit mit Ihnen hatte. Allerdings hieß er Martin.«

»Martin! Ja, das ist ein Name, den ich früher öfters benutzt habe, wenn ich Damen aufgerissen habe.«

»Johannes!« Das war Alma Louise.

Dieser ließ sich gar nicht aus der Ruhe bringen und legte nach: »Martin Dujardin – das war so eine Art Künstlername von mir. Ist aber schon eine Weile her. Darf ich fragen, ob es zwischen uns zu einem Austausch gekommen ist?«

»Austausch?«

»Na ja, ich meine den Austausch von Körperflüssigkeiten.«

»Johannes, es reicht!« Wieder Alma Louise, diesmal ziemlich schrill.

»Nein, es kam zu keinem Austausch in diesem Sinne. Ich habe etwas anderes getauscht: Geld gegen Essen. Sie hatten nämlich Ihre Brieftasche vergessen, nachdem Sie mich großzügig in den Löwen eingeladen hatten.«

Antek und Amadeus krümmten sich vor Lachen, während Johannes ungeachtet der Knuffe, die Alma Louise ihm versetzte, weiter erzählte: »In früheren Jahren habe ich mir ja meine Freiheiten gegönnt, obwohl ich verbandelt war. Verheiratet war ich allerdings nie im Gegensatz zu meiner Lebensgefährtin. Ich habe es dann aber irgendwann aufgegeben, nach anderen Damen zu schauen, nachdem sie mir in ihrem Unverständnis ein Buch auf

den Kopf gehauen hat. Wie war der Titel gleich noch mal? Äh...,
ach, jetzt fällt es mir wieder ein: Das Buch hieß »Harmonie in
der Ehe«.

Antek röchelte nur noch, Amadeus schmerzte der Bauch,
während Alma Louise sagte: »Mit dieser Art von Proletenhumor
kenne ich mich nicht aus.« Dies wiederum veranlasste Lilly, sich
zu einem ihrer seltenen fäkalistischen Sprüche hinreißen zu lassen: »Man muss kein Proktologe sein, um sich mit Arschlöchern
auszukennen.«

Gretel schaute ganz verwundert, und Alma Louise sagte: »In
was für eine Gesellschaft bin ich hier nur hineingeraten?«

Lilly reichte es jetzt. Sie war heute gekommen, um von Sibylle und Amadeus reinen Wein eingeschenkt zu bekommen.
Amadeus schwebte in Lebensgefahr und Sibylle sollte angeblich
eine Auftragsmörderin sein, die möglicherweise zu den Guten
gewechselt war, um Amadeus zu helfen. Statt die Sache kühl und
analytisch anzugehen, war das hier die reinste Slapstick-Veran-
staltung. Es fehlte nur noch, dass Amadeus wieder vom Stuhl
kippte oder einem Kellner das Bein stellte. Sie hatte den Gedanken noch nicht ganz zu Ende gedacht, als ihr Großneffe einen
großen Schluck Wasser nahm, diesen aber aufgrund einer neuen
Lachattacke nicht herunterbrachte. In hohem Bogen sprudelte
er das Wasser über den Tisch. Der alte Johannes brauchte heute
nicht mehr zu duschen. Die anderen Gäste im Restaurant schauten amüsiert herüber. Einige schüttelten mit dem Kopf. Lilly
hatte die Nase voll. Sie erhob sich und gab Sibylle und Amadeus
mit ihrem Finger das Zeichen, ihr zu folgen. Gehorsam wie zwei
Schüler folgten sie der alten Dame. Auf dem Hof setzte sie zu
einer Strafpredigt an: »Bevor ihr noch völlig durchdreht, will
ich jetzt wissen, was eigentlich los ist. Angeblich schwebst du,
Amadeus, in Lebensgefahr. Statt ernsthaft zu überlegen, was zu
tun ist, veranstaltet ihr hier solch eine Zirkusnummer. Was ist
jetzt los? Raus mit der Sprache!«

»Tante Lilly, Sibylle ist dabei, alles in Ordnung zu bringen.«

Diese pflichtete ihm bei: »Fräulein Höschen, wir kriegen das in den Griff.«

Jetzt sah Lilly die beiden Security-Leute auf dem Hof, die Amadeus beauftragt hatte, und fragte: »Was sind das da für Typen?«

»Die Herren sind zu meiner Sicherheit hier.«

»Und du, Sibylle, was bist du eigentlich? Beschützt du Amadeus? Warum ist er in Gefahr? Könnte es sein, dass du die Gefahr bist? Bist du nun eine Killerin oder ein Schutzengel?«

Amadeus schaute seine Tante erstaunt an, während Sibylle ruhig antwortete: »Fräulein Höschen, ich versuche alles, um Amadeus zu schützen. Er hat einfach zu viel Einfluss. Deshalb gibt es Leute, die ihn weghaben wollen. Aber wir kriegen das in den Griff.«

»Das möchte ich dir auch geraten haben. Ich verlasse mich auf dich. Und du, mein lieber Großneffe, hörst jetzt auf, dich wie ein pubertierender Teenager zu benehmen. Dieser Johannes scheint mir zwar nicht alle Latten am Zaun zu haben, aber das ist kein Grund, ihn mit Mineralwasser aus deinem Mund zu duschen.

Einigermaßen ernüchtert gingen die drei zurück ins Restaurant. Amadeus bestand darauf, die Rechnung zu bezahlen, obwohl Sibylle alle einladen wollte. Dann machten sie sich auf den Heimweg, Amadeus, eskortiert von den Security-Leuten, nach Goslar, und Lilly, Antek und Gretel nach Lautenthal. Gretel, der in ihrem Häuschen in Braunlage die Decke auf den Kopf fiel, wollte mal wieder ein paar Tage bei ihrer Freundin verbringen.

* * *

Am nächsten Morgen gegen halb acht klingelte es bei Sibylle und Manfred an der Haustür. Auf dem Hof standen etliche Fahrzeuge, darunter auch zwei Polizeiwagen. Sie hatten gerade gefrühstückt, und Manfred wollte sich auf den Weg machen zu seinem täglichen Einkauf. Vor der Tür standen zwei Männer, die sich als Hauptkommissar Kusch und Oberkommissar Müller vom Landeskriminalamt vorstellten. Sie hatten einen Durchsuchungsbefehl für Wohnung, Restaurant, Nebengebäude und Autos dabei. Auf dem Hof standen etwa zehn weitere Personen, die darauf warteten, eingelassen zu werden. Herr Kusch verlangte von Manfred, das Restaurant aufzuschließen, während Herr Müller darüber informierte, dass Sibylle verdächtigt würde, etwas mit dem gewaltsamen Tod des Herrn von der Gewerbeaufsicht zu tun zu haben. »Sie können einen Anwalt hinzuziehen«, sagte er in seiner Routine. Nebenan scheuchten die Polizisten Alma Louise und Johannes auf. Es gab auch einen Durchsuchungsbefehl für ihre Wohnung. Wie die Ameisen durchstreiften die Leute jedes Zimmer. Sibylle wurde gebeten, sich mit Kusch an den Tisch zu setzen und ihm einige Fragen zu beantworten. Der Hauptkommissar, der die Mordkommission gebildet hatte, war ein Mann von Anfang fünfzig und machte mit seinem kurzgeschnittenen grau-braunen Haar einen gepflegten Eindruck. Er sagte: »Frau Schönborn, es gibt einige Ungereimtheiten hinsichtlich des Besuchs des Opfers auf Ihrem Grundstück. Ihr Mann hat für die Tatzeit ein Alibi. Sie aber nicht. Es ist ungeklärt, warum sich das Opfer so lange bei Ihnen aufgehalten hat. Es ist weiterhin ungeklärt, von wem die Leiche nach Göttingen gebracht wurde. Man könnte also vermuten, dass er hier bei Ihnen getötet wurde und Sie ihn dann nach Göttingen befördert haben.«

Sibylle war sehr gefasst und antwortete: »Man könnte auch vermuten, dass Sie das uneheliche Kind des Papstes und der Königin von England sind.«

»Könnte man, bin ich aber nicht. Und selbst wenn, dann wäre dies keine Straftat. Wir haben das Auto des Getöteten untersucht und werden nun Ihre sämtlichen Kleidungsstücke mitnehmen und diese mit den Fasern vergleichen, die wir in seinem Auto gefunden haben. Außerdem müssen Sie mitkommen, damit Sie erkennungsdienstlich untersucht werden. Fingerabdrücke, Genmaterial, die ganze Palette. Haben Sie einen Anwalt?«

»Wenn es nötig ist, werde ich einen finden.«

»Gut. Da Sie zurzeit unter Verdacht stehen, brauchen Sie nichts zu sagen. Es wäre aber von Vorteil, wenn Sie uns weiterhelfen würden.«

Alma Louise und Johannes wurden währenddessen von Oberkommissarin Rutsch, Oberkommissar Knauf und einer Beamtin in Uniform heimgesucht. Alma Louise war außer sich. Sie erging sich in immer neuen Schimpftiraden, als man ihre Schränke öffnete und sogar vor dem Schlafzimmer nicht haltmachte. Für Johannes hingegen war der Besuch eine willkommene Ablenkung von dem doch recht tristen Alltag. Er stellte sich vor den beiden Kommissaren auf und sagte: »Ich habe übrigens von einem großartigen Rezept gegen Filzläuse gehört.«

Knauf schaute seine Kollegin an, als sei er gerade dem Mann im Mond begegnet. Aber der alte Herr erzählte munter weiter: »Der Clou ist: Alles blank rasieren, mit Öl einreiben, dann rutschen die Biester aus und brechen sich die Beine.«

Der Oberkommissar lachte laut los, während seine Kollegin sich grinsend abwandte. Dann tauchte eine ältere Dame auf, die die Polizisten mit Argusaugen wahrnahm. Sie stellte sich als Heidi Schlüter vor, die hier für den Haushalt zuständig sei, und gab an, an dem besagten Tag nichts Ungewöhnliches gesehen zu haben.

Nach gut einer Stunde waren die Beamten fertig. Bei Sibylle und Manfred hatten sie gründlich ausgeräumt und einen Großteil von Sibylles Kleidung mitgenommen, außerdem die Laptops der beiden. Waffen hatte man nicht gefunden. Das Restaurant, insbesondere die Küche, war geradezu klinisch rein. Keine Blutspritzer oder sonst irgendetwas Verdächtiges.

Bei Alma Louise wurde eine alte Pistole gefunden. Einen Waffenschein hatte sie nicht. Als man das Ding mitnahm, protestierte sie energisch: »Sie sind Diebe, einer schutzlosen Frau die Waffe wegzunehmen.«

»Aber ich bin doch da, um dich zu beschützen«, beschwichtigte Johannes.

Sibylle musste mit aufs Präsidium nach Göttingen fahren, während Manfred einen Mitarbeiter instruierte, die Einkäufe zu erledigen und den Laden für heute zu übernehmen. Er musste sich jetzt erst mal um einen Anwalt kümmern. Ein Gast hatte ihm neulich von einer großartigen Strafverteidigerin berichtet. Sie solle einfach genial sein. Wie hieß sie denn bloß noch mal? Sie hatte irgend so einen bescheuerten Namen. Er schlug das Telefonbuch auf und ging die Anwälte durch. Da, das musste sie sein: Dr. Cesarine Zicke-Sandelholz, Rechtsanwältin – Strafrecht.

GÖTTINGEN

»Frau Doktor ist heute bei Gericht. Ich weiß nicht, ob sie noch mal hereinschaut. Die einzige Chance, sie zu erwischen, wäre heute Mittag, wenn es eine Verhandlungspause gibt«, war die Auskunft, die ihm eine ängstliche Stimme am Telefon der Kanzlei gab. Also machte er sich auf den Weg nach Göttingen. Sibylle musste die beste Verteidigung haben, die es gab. Im Gericht erkundigte Manfred sich, in welchem Raum Frau Zicke-Sandelholz anzutreffen sei. Ganz leise öffnete er die Tür zum Sitzungssaal und setzte sich auf einen Stuhl in der letzten Reihe. Die Verhandlung war gut besucht. Am Richtertisch am anderen Ende des Saals saßen zwei Frauen und ein Mann in Roben sowie zwei Schöffinnen. Eine hünenhafte Dame in offener Robe stolzierte zwischen Richtertisch und Zeugenstuhl herum. Abrupt blieb sie vor dem Zeugen, einem älteren Herrn, stehen und redete mit einer ungeheuer lauten Stimme auf ihn ein: »Was haben Sie sich dabei gedacht? Haben Sie überhaupt etwas gedacht? Oder hatten Sie Ihr Gehirn zwischenzeitlich abgestellt?«

Der Mann stammelte etwas Unverständliches.

»Wie bitte? Ich habe Sie nicht verstanden.«

Jetzt schaltete sich der Vorsitzende ein, ein Mann von vielleicht Anfang sechzig, der so gequält dreinschaute, als würde er jeden Moment vom Stuhl fallen: »Frau Verteidigerin, bitte setzen Sie sich auf Ihren Platz.«

Sie ignorierte den Richter und fuhr fort, ging ein paar Schritte vor, machte kehrt, um sich wieder vor dem Zeugen zu platzieren, der ganz offensichtlich eingeschüchtert war von der Größe der Anwältin und ihrer durchdringenden Stimme.

»Sie verkaufen mich nicht für dumm! Was haben Sie sich dabei gedacht, den Angeklagten zu beschuldigen?«

Der Vorsitzende wurde ungeduldig: »Frau Verteidigerin, setzen Sie sich auf Ihren Platz. Sie schüchtern den Zeugen ein.«

Die Frau schaute kurz den Vorsitzenden an, dann wieder den Zeugen, und fuhr fort: »Antworten Sie mir!«

Ihre Stimme konnte einem wirklich durch Mark und Bein gehen. Dem Vorsitzenden gingen die Nerven durch. Mit letzter Kraft brüllte er die Verteidigerin an: »Setzen Sie sich verdammt noch mal endlich auf Ihren Arsch, Sie unerträgliches Weibsbild!«

Ein Raunen ging durch den Saal. Die anderen Richter wussten vor Verlegenheit nicht, wo sie hinschauen sollten. Die Verteidigerin drehte sich nun ganz langsam zu den Richtern um, stemmte ihre Arme in die Hüften und sagte lächelnd: »Hohes Gericht, hiermit beantrage ich, den Herrn Vorsitzenden von der Verhandlungsführung zu entbinden. Es ist offenkundig, dass er aus gesundheitlichen Gründen nicht in der Lage ist, diesen Prozess zu führen.« Dann ging sie zu ihrem Platz, während der Vorsitzende mit letzter Kraft hauchte: »Die Verhandlung wird unterbrochen.«

Sie hatte ihr Ziel erreicht. Sie war sich sicher, dass der ganze Prozess neu aufgerollt werden musste. Manfred wartete vor dem Saal auf der Bank, während Frau Zicke-Sandelholz quietschvergnügt aus dem Gerichtssaal schlenderte. Sie schaute beim Gehen auf ihr Smartphone, dann sah sie Manfred, ging auf ihn zu und sagte: »Sind sie Herr Schönborn?«

»Ja«, antwortete er ganz erstaunt. Sie reichte ihm die Hand und sagte: »Meine Mitarbeiterin hat mich gerade per SMS informiert, dass Sie mich dringend sprechen wollen. Worum geht's?«

Manfred war ganz gefangen von der Erscheinung der Anwältin. Sie musste locker einsneunzig groß sein und hatte zudem noch ihre blonde Haarpracht, die zu einem gigantischen Zopf gebunden war, aufgetürmt wie ein Vogelnest. Sicherlich eher ein Nest für einen kapitalen Raubvogel. Sie suchten sich eine Bank in einem der Gänge und Manfred erzählte kurz, worum es ging.

»Das hört sich ja äußerst interessant an. Und vor allem trifft es sich gut, dass ich gerade Zeit habe. Die heutige Verhandlung ist geplatzt. Ich mache mich direkt auf den Weg zur Polizei, um mit Ihrer Frau zu sprechen und die Herrschaften vom LKA auf den Pott zu setzen.«

»Meinen Sie denn, dass Sie meine Frau schnell wieder freikriegen?«

»Wenn es für den Mord keine Zeugen gibt oder andere schlagkräftige Beweise, sollten Sie nach Hause fahren und anfangen zu kochen. Ihnen gehört doch dieses grandiose Restaurant, von dem alle Welt redet?«

»Ja.«

»Na also. Ich werde sehen, dass ich Ihre Frau da raushole, und bringe sie bei Ihnen vorbei. Dafür möchte ich heute Abend aber etwas Ordentliches zu essen bekommen.«

»Darauf können Sie sich verlassen. Ich hoffe, dass mein Mitarbeiter heute Trüffel bekommen hat.«

* * *

Dr. Cesarine Zicke-Sandelholz war bis vor einem Jahr Oberstaatsanwältin in Braunschweig gewesen. Ihr extrovertiertes Auftreten, ihre zynische Art, mit Menschen umzugehen, ihre spitze Zunge und die oft bis an die Grenze zur Beleidigung gehende Ausdrucksweise verhalfen ihr zu einer enormen Unbeliebtheit bei Kollegen, Vorgesetzten, Mitarbeitern, Polizisten, Richtern und Anwälten. Von den Menschen, gegen die sie bis vor einiger Zeit Anklage erhoben hatte, ganz zu schweigen. Hinzu kam ihre imposante Erscheinung, ihre Körpergröße, ihre gewaltige blonde Haarpracht und eine Stimme, die an Lautstärke und Schrillheit kaum zu überbieten war. Ihr Privatleben war bis zum vorigen Jahr eine Art geheime Verschlusssache gewesen. Man wusste, dass sie Wagner-Opern liebte und dass ihr Vater ein bekannter Juraprofessor war. Den Namen Sandelholz hatte sie von dem Mann erhalten, mit dem sie kurze Zeit verheiratet gewesen war. Mehr war über sie nicht bekannt. Das änderte sich vor einem Jahr. Sie hatte sich massiv in die Polizeiarbeit um zwei Mordfälle in Bad Harzburg eingemischt. Allerdings wusste sie nicht, dass einer der Verdächtigen ihr Liebhaber war. Also ordnete sie dessen Festnahme an. Ausgerechnet beim Liebesspiel zur Musik von Wagners Walküre stand dann plötzlich die Polizei im Hotelzimmer und verhaftete ihr diesen buchstäblich unterm Hintern weg. Es stellte sich zwar schnell heraus, dass er unschuldig war. Aber als Oberstaatsanwältin war sie nun der Lächerlichkeit preisgegeben und damit erledigt. Zu allem Unglück geriet dann ihr Vater in den Fokus des Mörders. Der Mord konnte zwar verhindert werden, aber bei einer Auseinandersetzung mit ihrem alten Herrn kam all die Wut zum Ausbruch, die sich seit Kindertagen in ihr aufgestaut hatte. In einem Anfall von Hysterie ging sie auf ihren Vater los, um ihn vom Baumwipfelpfad in die Tiefe zu stürzen. Zwar besann sie sich in letzter Sekunde und wollte ihn zurückziehen, aber es war zu spät. Er stürzte in die Tiefe und war sofort tot. Normalerweise hätte man sie wegen Totschlags anklagen können, es wurde aber nur der Vorwurf der gefährlichen Körperverletzung mit Todesfolge erhoben. In einem nur zwei Tage währenden Prozess wurde ihr von mehreren Gutachtern bescheinigt, dass sie zur Tatzeit schuldunfähig gewesen war. Als Staatsanwältin wollte sie nun nicht mehr arbeiten. Aber ihr Selbstbewusstsein ließ es auch nicht zu, sich aus der Öffentlichkeit und der Jurisprudenz zurückzuziehen. Nach dem Motto *Kopf hoch, auch wenn der Hals dreckig ist* wurde sie innerhalb kurzer Zeit zu einer gefragten Strafverteidigerin, die es als ihre Aufgabe ansah, Beklagten zu ihrem Recht zu verhelfen und bei der Gelegenheit Richter und Staatsanwälte an den Rand des Wahnsinns zu treiben. Gelegentlich auch Polizisten.

Im Polizeipräsidium verlangte sie, einem Oberbefehlshaber gleich, den Leiter der Mordkommission zu sprechen. Als Hauptkommissar Rainer Kusch die Walküre in das Büro, das er sich mit mehreren Kollegen teilte, hereinkommen sah, fiel ihm die Kinnlade herunter. Plötzlich war es ganz still in dem Raum. Niemand konnte sich der Wirkung ihres Auftritts entziehen. Kusch hatte die Dame einmal vor Jahren als Staatsanwältin bei einem Prozess in Braunschweig erlebt, wo er als Zeuge aussagen musste. So, wie sie damals agiert hatte, war bei ihm tatsächlich so etwas wie Mitleid gegenüber dem Angeklagten und seinem Anwalt aufgekommen. Sie hatte den Gerichtssaal beherrscht wie eine Schwertkämpferin, der sich nur ein paar Bauern mit Knüppeln gegenübergestellt hatten. Der vorsitzende Richter war nicht in der Lage gewesen, ihr Einhalt zu gebieten. Er hatte damals nur seine Aussage gemacht, ohne dass sie nachgehakt hätte, weil diese wohl in ihrem Sinne verlaufen war. Bestimmt würde sie sich nicht an ihn erinnern. Als sie auf seinen Schreibtisch zusteuerte, erhob er sich, und sie reichte ihm jovial lächelnd die Hand: »Guten Tag, Herr Kusch. So sieht man sich wieder. Immerhin haben Sie es inzwischen zum Hauptkommissar beim LKA gebracht.«

Mein Gott, was hatte denn diese Frau für ein Gedächtnis? Natürlich hatte er mitbekommen, was im letzten Jahr passiert war. Es war über Wochen das Thema bei Polizei und Justiz gewesen. Es hatte wahre Orgien der Schadenfreude gegeben, dass ausgerechnet diese unerbittliche Juristin, die vor nichts und niemandem Respekt hatte, so tief gefallen war. Es wurden Witze über sie gerissen und Geschichten erfunden. Niemand hatte ernsthaft damit gerechnet, dass sie je wieder ihren Fuß in ein Gericht oder eine Polizeidienststelle setzen würde. Ein Mensch mit einer solchen Biografie konnte einfach nur noch abtauchen. Alle waren erstaunt gewesen, als bekannt wurde, dass sie nicht nur nicht verurteilt worden war, sondern sogar als Strafverteidigerin arbeitete. Und nun das! Warum musste sie ausgerechnet diesen Fall übernehmen?

»Guten Tag, Frau Doktor Zicke-Sandelholz. Bitte nehmen Sie Platz.«

»Nein danke. Bringen Sie mich bitte zuerst zu Frau Schönborn. Danach werden wir zwei Hübschen uns miteinander unterhalten.«

Bei diesem Befehlston war jeder Widerspruch sinnlos. Eilig führte er sie in das Vernehmungszimmer, in dem Sibylle wartete.

»Na endlich...«, rief Sibylle, die dachte, dass sie jetzt gehen konnte. Stattdessen trat nach Kusch eine hünenhafte Frau ein. Der Hauptkommissar sagte: »Ich bringe Ihnen Ihre Anwältin.« Und zu Zicke-Sandelholz: »Wenn Sie fertig sind, klopfen Sie einfach.«

»Notfalls trete ich die Tür ein«, bekam er zur Antwort.

Verunsichert ging er zurück ins Büro, wo er von den Kollegen mit Fragen zu Zicke-Sandelholz bombardiert wurde.

Die Anwältin und Sibylle verstanden sich auf Anhieb. Es war wie das Aufeinandertreffen zweier Gleichgesinnter. Cesarine Zicke-Sandelholz war es gewohnt, dass die Leute sie bei der ersten Begegnung ängstlich, argwöhnisch oder ablehnend ansahen. Es gab sogar Menschen, die eine innere Panik befiel, wenn sie plötzlich mit ihr konfrontiert waren. Sibylle hingegen schaute der Frau offen lächelnd in die Augen, als wolle sie sagen: *Endlich habe ich dich gefunden. Jetzt kann mir nichts mehr passieren.* Cesarine gefiel das. Instinktiv spürte sie eine tiefe Verbundenheit zu der Frau, die ein paar Jahre älter war als sie selbst. Beide waren so verwundert von ihren Gefühlen, dass sie sich zehn Sekunden lang anschauten, ohne ein Wort von sich zu geben. Schließlich sagte die Anwältin: »Ich bin Cesarine Zicke-Sandelholz. Ihr Mann bat mich, mich um Sie zu kümmern.«

»Das ist großartig. Ich freue mich, dass Sie hier sind. Soll ich Ihnen alles erzählen?«

»Nein, im Moment interessiert mich nur, ob die Polizei irgendetwas in der Hand haben könnte, was Sie belastet.«

Sibylle erzählte, was sie den Beamten gesagt hatte.

»Und nun denken sie, ich hätte den Mann ermordet und ihn dann mit seinem Auto nach Göttingen gefahren. Sie haben bergeweise Garderobe mitgenommen, weil sie hoffen, irgendwelche Fasern zu finden, die man in seinem Auto sichergestellt hat. Als ob ich so blöd wäre, meine Klamotten nicht gleich zu beseitigen.«

Cesarine lachte laut auf: »Nein, so blöd sind Sie ganz bestimmt nicht.«

Nach zwanzig Minuten klopfte die Anwältin an die Tür und befahl dem Polizisten, der eintrat, Herrn Kusch zu holen. Verwundert angesichts des Befehlstons der Frau, tat er es. Als der Hauptkommissar eine Minute später den Raum betrat, zeigte Zicke-Sandelholz auf den Stuhl am Kopfende des Tisches, und er setzte sich.

»So, Herr Kusch, ich werde Frau Schönborn jetzt nach Hause bringen, nachdem Sie sie ohne den Hauch eines Beweises seit heute Morgen hier widerrechtlich festhalten.«

»Frau Doktor Zicke-Sandelholz, zurzeit befindet sich die Garderobe Ihrer Mandantin im Labor, und wir müssten schon abwarten...«

»Wir müssen gar nichts. Glauben Sie etwa, dass ich meine Mandantin hier in diesem miesen Kabuff sitzen lasse, bis Ihre

Laborratten Tausende von Fusseln analysiert haben, die irgendwelche Leute mit ihrem Arsch auf dem Autositz des Mordopfers abgewetzt haben? Sie haben nicht den geringsten Beweis, nicht mal das leiseste Indiz, das es rechtfertigen würde, Frau Schönborn hier festzusetzen. Wenn Sie etwas hätten, dann wären Sie längst beim Staatsanwalt vorstellig geworden, um einen Haftbefehl zu beantragen. Schluss jetzt, wir gehen!«

Sie erhob sich und machte Sibylle eine Geste, es ihr nachzutun, klopfte an die Tür, die sofort geöffnet wurde, und drehte sich noch einmal zu dem fassungslosen Kommissar um: »Und machen Sie dem Labor gefälligst Dampf, damit meine Mandantin ihre Sachen zurückbekommt, sonst gehe ich mit ihr einkaufen, und zwar auf Ihre Kosten. Oder meinen Sie, sie kann nackt durch die Gegend laufen?«

Wie eine durch nichts aufzuhaltende Lawine bahnte sich Zicke-Sandelholz den Weg durch die Gänge, im Schlepptau die grinsende Sibylle, die Schwierigkeiten hatte, Schritt zu halten. Zurück an seinem Schreibtisch, rief Kusch im Labor an und brüllte in den Hörer: »Jetzt macht gefälligst mal Dampf!«

DUDERSTADT

Es war bereits später Nachmittag, als sie Duderstadt erreichten. Da Sibylle nicht wusste, was sie anziehen sollte, hatte sie die Anwältin gebeten, mit ihr noch ein paar Läden in Göttingen aufzusuchen, wo sie ordentlich zuschlug. Gern hätte sie auch Cesarine etwas Tolles gekauft. Erstens mochte sie diese Frau und zweitens hatte sie sich derart um sie bemüht, dass sie ihr einfach etwas Gutes tun wollte. Aber leider gab es weit und breit nichts in ihrer Größe.

»Kein Problem, Sibylle, meine Schränke sind voll. Es gibt Spezialgeschäfte für Damen, die aus dem üblichen Rahmen fallen. Und manchmal lasse ich mir etwas anfertigen«, sagte sie.

Trotzdem hatten die beiden viel Spaß, waren geradezu ausgelassen. Durch die Begegnung mit Cesarine waren Sibylle haufenweise Steine vom Herzen gefallen. Mit dieser Frau an ihrer Seite fühlte sie sich sicher. Im Anschluss fuhren die beiden Frauen noch zu Cesarines Wohnung, um sich umzuziehen. Sibylle konnte es gar nicht erwarten, ihr neues Sommerkleid anzuziehen, das sie auf Cesarines Zuraten erstanden hatte. Cesarine entschied sich für ein Kleid, das stark an die germanische Mythologie erinnerte.

In ihrer eigenen Wohnung sah es noch leicht chaotisch aus. Also ging Sibylle mit der Anwältin ins Restaurant, das noch nicht geöffnet hatte. Manfred war unglaublich erleichtert, seine Frau in die Arme schließen zu können. Er bedankte sich überschwänglich bei Cesarine für ihren Beistand. »So, und jetzt setzt euch. Ich bereite euch etwas Leckeres zu.« Und das tat er. Als die ersten Gäste kamen, hatten sich die Frauen durch fünf Gänge geschwelgt. Sie waren zum Du übergegangen und unterhielten sich über Gott und die Welt. Dass die gefürchtete Juristin so offen mit jemandem sprach, hatte Seltenheitswert. Für sie war Sibylle keine einfache Mandantin. Irgendwas hatte sie an sich, was Vertrauen erzeugte.

Schließlich fragte Sibylle: »Hast du schon mal wen umgebracht?«

»Oh, das ist aber eine sehr persönliche Frage. Aber ich will sie dir beantworten: ja.«

»Ja? Tatsächlich?«

»Ja, tatsächlich. Meinen Vater.«

Sie erzählte Sibylle, was voriges Jahr passiert war. Dass sie ihn in einem Anfall unbändiger Wut vom Baumwipfelpfad in Bad Harzburg gestürzt hatte, nachdem sie ein Leben lang unter ihm gelitten hatte. Stets hatte sie alles getan, um seinen Anforderungen gerecht zu werden, hatte in Schule und Studium Höchstleistungen erbracht, war zur Vorzeigejuristin geworden. Aber sie hatte weder Anerkennung noch Liebe geerntet. Und wenn sie ihm Vorhaltungen machte wegen seiner Weibergeschichten, weil er ständig ihre Mutter betrog, musste sie sich noch von ihm beleidigen lassen. An dem Tag auf dem Baumwipfelpfad, als ihr von einer fremden Frau berichtet worden war, dass er vor vielen Jahren ein junges Mädchen vergewaltigt und ein Kind gezeugt hatte, war es zur Explosion gekommen. »Ich wollte ihn nur in dieser einen Sekunde umbringen. Dann habe ich versucht, ihn noch festzuhalten. Aber es war zu spät.«

Sibylle hatte andächtig zugehört und fragte: »Bist du nicht verurteilt worden?«

»Freispruch wegen Schuldunfähigkeit. Ich war in diesem Moment nicht ich selbst, so die Psychologen und Psychiater. Unter uns: Das war wohl der klarste Moment meines Lebens.«

Dann betrat ein hochgewachsener, stattlicher Mann das Restaurant. Sibylle bekam einen Schreck. Das konnte nichts Gutes bedeuten. Cesarine bekam vor Staunen den Mund nicht zu und hielt in ihrer Bewegung inne. Der Mann war ein Traum. Er sah seinerseits die große blonde Dame und geriet in Erstaunen, als begegnete er einem Fantasiewesen. Ganz langsam kam er an den Tisch heran. Sibylle erhob sich zaghaft und sagte: »Ken.«

LAUTENTHAL

»Wenn ich bloß wüsste, ob ich mir um Amadeus Sorgen machen muss oder nicht. Bei Sibylle habe ich bis heute keinen Durchblick. Einerseits ist sie eine ganz Liebe, andererseits denke ich manchmal, sie hat nicht alle Latten am Zaun.«

Lilly saß mit Gretel in ihrem Garten, der sich am Berg hochschlängelte. Oben hatte sie eine Sitzecke, die einen grandiosen Blick auf die bewaldeten Berge bot.

Gretel hatte ihre Stirn in Falten gelegt und sagte mit ihrer dunklen Stimme: »Auf mich macht diese Sibylle nicht den Eindruck einer Mörderin. Haben sie und ihr Mann denn Verwandte in der Gegend?«

»Ah, da bringst du mich auf eine Idee, Gretel. Sibylle hat doch eine Schwester hier im Ort. Sie betreibt mit ihrem Mann eine Schlachterei, eine sehr gute übrigens. Ich kaufe nur so selten da ein, weil ich ja normalerweise nicht viel brauche. Aber wir könnten nachher mal da hingehen. Jetzt, wo du da bist, lohnt es sich ja, mal wieder ordentlich Vorräte anzulegen.«

»Willst du damit sagen, dass ich ein Vielfraß bin?«

»Gewiss nicht. Aber zu zweit macht es mehr Spaß zu kochen. Also diese Ellen ist eine ganz liebe Frau, sehr einfach gestrickt, grundehrlich und eine Seele von Mensch. Vielleicht kann sie uns etwas über die Familie erzählen.« Jetzt musste Lilly schmunzeln. »Ellen ist übrigens ist der einzige Mensch, der mich mit *Frollein Lilly* anredet. Sie ist ganz anders als ihre Schwester. Und sie redet so schön im Oberharzer Dialekt.«

Eine Stunde später parkte Lilly ihren Passat unten im Ort. Früher war sie den Weg von ihrem Haus aus oft zu Fuß gegangen. Aber in letzter Zeit hatte sie keine Lust mehr, sich auf dem Heimweg den Berg hinauf zu quälen. Als die beiden Frauen den Schlachterladen betraten, war Ellen, die ihrer älteren Schwester Silbylle sehr ähnlich sah, gerade damit beschäftigt, die Ladentheke auszuräumen. Es war ein paar Minuten vor Ladenschluss, außerdem war heute Nachmittag geschlossen. Sofort unterbrach sie ihre Arbeit und rief: »Es Frollein Lilly. Das is ja schön, dass ich Sie auch mal wiederseh.« Gretel, die sie nicht kannte, nickte sie freundlich zu.

»Guten Tag, Ellen. Ich habe meiner Freundin Gretel, die gerade zu Besuch bei mir ist, vorhin von euren Spezialitäten vorgeschwärmt.«

Jetzt war Ellen in ihrem Element. Sie pries verschiedene Wurstsorten an und bestand darauf, dass Gretel die eine oder andere probierte. Am Ende hatten sie acht Sorten erstanden, unter anderem auch eine Lautenthaler Stracke. Außerdem nahmen sie für den nächsten Tag gleich noch einen Rinderbraten mit, den Gretel zubereiten würde. Sie war eine großartige Köchin.

»Ellen, sag mal, hat sich deine Schwester mal bei dir gemeldet, seit sie wieder in Deutschland ist?«

»Es Sibylle, ja, es hat ämol angerufen. Aber dass se mal vorbeikimmt, da kann ich lange warten. Aber se hat uns eingeladen. Nächsten Dienstach solln ma nach Duderstadt komme, denn will ihr Mann für de ganse buckliche Verwandtschaft n großes Fressen machen. Bin ich ja mal gespannt drauf.«

»Ich kenne eure Verwandtschaft gar nicht weiter. Und Manfreds erst recht nicht.«

»Ach, da ham Se aach nüscht versäumt. Es Sibylle ihr Mann sein Stiefvater hat ne ja nausgeschmissen, als er achtzehn war. Mit sein Stiefbruder hat er sich nur gekloppt. Is ne steinreiche Sippe in Hannover. Die ham ne Boltchenfabrik. Aber soweit ich wess, hat er da kän Kontakt mehr. Und seine Mutter is früh gestorm. Die war ja von dem Boltchenheini aach geschieden und is nach Klestohl-Zallafall gezocht.«

Gretel, die mit der Oberharzer Sprache nicht zurechtkam, ließ sich von Lilly einiges übersetzen.

»Klestohl-Zallafall ist Clausthal-Zellerfeld«, sagte Lilly belehrend.

Manfred war schon Halbwaise, als er gerade anfing zu laufen. Seine Mutter Hella, eine wunderschöne junge Frau, arbeitete in einer Süßwarenfabrik in Hannover als Schreibkraft. Als die Chefsekretärin, eine Dame von Ende fünfzig, während eines Telefonats in der Badewanne aufgrund eines hysterischen Lachanfalls, ausgelöst durch die Nachricht, dass ihrem Chef die Frau weggelaufen war, ertrank, bewarb sich Hella um die nun frei gewordene Stelle. Und bekam sie. Nicht etwa wegen ihres guten Aussehens oder ihrer Umgänglichkeit, sondern weil Ihr Chef sie für die beste Kraft im Sekretariat hielt. Ferdinand Lindemann, Alleinerbe von Lindemann Süßwaren, war ein ernsthafter Mann. Einer von den Menschen, die stets nüchtern und sachlich durchs Leben und zum Lachen – wenn überhaupt – in den Keller gingen. Seine Ehefrau, lebenslustig und meist guter Dinge, fühlte sich lange Zeit eingesperrt wie in einem goldenen Käfig. Eines Tages konnte und wollte sie die Humorlosigkeit ihres Mannes nicht länger ertragen und verließ ihn. Natürlich wurde auch noch etwas anderes gemunkelt. Den gemeinsamen Sohn, der ein paar Jahre älter war als Manfred, hatte sie bei seinem Vater gelassen. Die Scheidung war eingereicht.

Die Zusammenarbeit zwischen Hella und Herrn Lindemann war korrekt und anstrengend. Zunächst war Hella der Meinung gewesen, dass diesem Mann diverse Gesichtsmuskeln fehlten, weil er nie lächelte oder gar lachte. Nach und nach stellte sie jedoch fest, dass es dem Mann offenbar an Lebensfreude mangelte. Nach etwa einem Jahr als Chefsekretärin kam der Tag, an dem sich alles änderte. Ihr Chef rief sie, kurz bevor sie sich an einem Freitagnachmittag auf den Heimweg machen wollte, in sein Büro.

»Kann ich noch etwas für Sie tun, Herr Lindemann?«, fragte sie in ihrer freundlichen Art.

»Ja, Frau Schönborn. Bitte nehmen Sie Platz ... nein, nicht am Schreibtisch, sondern in der Sitzecke.«

Das war mehr als ungewöhnlich. Die schweinslederne Sitzecke, bestehend aus einem Sofa und drei Sesseln, war ausschließlich besonderen Gästen vorbehalten. Hella nahm in einem der Sessel Platz, und Herr Lindemann setzte sich ihr schräg gegenüber und begann, sein Anliegen vorzutragen: »Liebe Frau Schönborn. Sie sind mir durch Ihre gute Arbeit und Einsatzbereitschaft schon früher aufgefallen. Dass ich Sie zu meiner Chefsekretärin gemacht habe, ist also eine logische Konsequenz. Seitdem wir so eng zusammenarbeiten, stelle ich mehr und mehr fest, dass Sie noch über andere Qualitäten verfügen.«

Unwillkürlich dachte Hella an eine Beförderung, mehr Verantwortung, mehr Geld. Aber es kam anders. Herr Lindemann fuhr unbeirrt fort: »Sie sind eine hübsche junge Frau, die mit beiden Beinen im Leben steht und für ihr vaterloses Kind sorgt. Das ist es, was uns verbindet. Ich meine, äh, ich denke ... ich meine, ich bin ein viel arbeitender Mann und habe für ein mutterloses Kind zu sorgen. Ich empfinde für Sie große Sympathie. Ich habe das Gefühl, dass ich Ihnen ebenfalls nicht ganz unsympathisch bin. Wäre es sehr vermessen von mir, Sie zu fragen, ob wir unsere Kräfte nicht bündeln sollten?«

Was wird das jetzt, dachte Hella und hörte aufmerksam weiter zu.

»Kurzum, ich denke, jetzt, wo meine Scheidung durch ist, könnten wir unseren künftigen Weg gemeinsam bestreiten. Ich habe keine Frau, Sie haben keinen Mann, unseren Söhnen fehlt je ein Elternteil...«

Ich glaube es nicht. Ich werde wahnsinnig.

»Also, ich frage Sie in aller Form, ob Sie meine Frau werden wollen.«

Jetzt hatte es Hella die Sprache verschlagen.

»Antworten Sie mir nicht gleich. Selbstverständlich haben Sie Bedenkzeit. Das ist ja keine Entscheidung, die man leichtfertig treffen sollte. Versprechen Sie mir, darüber nachzudenken?«

»Ja, das kann ich Ihnen versprechen. Im Moment kann ich gar nichts sagen. Sie haben mich derart überrascht, dass ich erst mal wieder einen klaren Gedanken fassen muss.«

Sie verabschiedete sich, ging wie in Trance nach Hause, wo ihre Schwiegermutter Manfred betreute und verbrachte den Abend, nachdem sie ihren Sohn zu Bett gebracht hatte, mit Grübeln. Dass der Mann gut zehn Jahre älter war als sie, war kein Hinderungsgrund. Er sah nicht übel aus, war nicht exzentrisch oder gar gewalttätig. Er war wohlhabend, vielleicht sogar reich. Auf der anderen Seite war er aber auch jemand, der noch nie seine Gefühle geäußert hatte, jedenfalls ihr gegenüber nicht. Sie hat ihn nie lächeln gesehen. War er wirklich völlig humorfrei? Vielleicht. Sie wusste es nicht. Aber wenn ja, musste das dennoch nicht bedeuten, dass er gefühlskalt war. Würde sie diesen Mann lieben können? Wäre er ein guter Vater für Manfred? Sie ließ das Wochenende verstreichen. Montagmorgen hatte sie einen Entschluss gefasst.

DUDERSTADT

Ken hatte Sibylle mit Küsschen links und rechts begrüßt. So war er nun mal. Das würde er auch tun, wenn er sie im nächsten Moment liquidieren müsste. Höflich und freundlich bis zur letzten Konsequenz. Nun stellte sie ihm Cesarine vor, die den Mann gebannt anstarrte. Er beugte sich zu ihr und küsste zärtlich ihre Hand. Sibylle dachte unwillkürlich an eine Seifenoper. Er ließ sich Cesarine gegenüber auf den Stuhl gleiten und sah ihr in die großen blauen Augen. Statt Sibylle über den Grund seines Besuches zu informieren, hielt er noch immer die Hand der großen Frau in seinen beiden Händen, als wolle er sie gar nicht mehr loslassen. Cesarine war die Erste, die ihre Stimme wiederfand, und hörte sich fragen: »Lieben Sie Wagner?«

»Richard Wagner? Den Komponisten? Er ist ein Gott. Ich verehre ihn.«

»Ich habe sicher eine der grandiosesten Sammlungen mit zum Teil sehr seltenen Aufnahmen.«

»Oh, die muss ich unbedingt hören. Einmal hatte ich das Glück, eine Karte für Bayreuth zu bekommen. Davon zehre ich seit vielen Jahren.«

»Das kann ich gut verstehen. Was ist Ihr Lieblingsstück?«

»Die Frage ist nicht ernst gemeint.«

»Nein. Die *Walküre* natürlich. Etwas Erhaberenes gibt es nicht in der Welt der Musik.«

Sibylle schaute von Cesarine zu Ken, von Ken zu Cesarine. Die beiden ignorierten sie. Da war der Kerl extra über den Atlantik geflogen, um mit ihr etwas zu besprechen, oder sie vielleicht auch umzubringen. Und was tat er? Er unterhielt sich mit ihrer Anwältin wie in Trance über Wagner. Ging es überhaupt um die wagnersche Musik? Sie hatte eher das Gefühl, dass sich die beiden auf einen platonischen Orgasmus zubewegten. Mittlerweile streichelte Ken Cesarines Hand ungeniert in einer Weise – nein, darüber wollte sie jetzt gar nicht nachdenken. Sie unterbrach das Gesäusel mit einer sachlichen Frage: »Ken, was führt dich zu mir?«

Er sah sie an, als hätte sie ihm eine geknallt. In seinem Gesicht mischten sich Verwunderung und Ärger miteinander. Schließlich war er zu einer Antwort fähig: »Das ist im Moment nicht so wichtig. Wir können morgen darüber reden.« Und Cesarine sagte, an Ken gewandt: »Wenn Sie mich begleiten, zeige ich Ihnen meine Schätze.«

»Nichts lieber als das.«

Die beiden erhoben sich. Manfred kam auf sie zu. Cesarine bedankte sich bei ihm mit hingebungsvoller Stimme für das göttliche Essen. Es gelang Sibylle gerade noch, ihrem Mann Ken vorzustellen, der es eilig hatte, mit der großen Blonden das Restaurant zu verlassen. Er sagte im Hinausgehen noch: »Sibylle, ich melde mich morgen.«

Auch Cesarine drehte sich noch einmal kurz um und sagte: »Ich rufe dich morgen an, Sibylle.«

Manfred und Sibylle sahen den beiden nach, als hätten sie gerade eine unheimliche Begegnung der dritten Art hinter sich.

»Was war das denn jetzt?«, fragte Manfred.

»Ich weiß es nicht. Wahrscheinlich haben die zwei gerade den Verstand verloren.«

HANNOVER (VERGANGENHEIT)

Hella heiratete Ferdinand Lindemann nach einer kurzen Verlobungszeit, in der sie des Öfteren in der Lindemannschen Villa verkehrte und sich mit dem fünfjährigen Sohn anfreundete, der Ferdinand hieß wie sein Vater. Ferdinand senior unternahm ein paar Annäherungsversuche, indem er seiner Verlobten Geschenke machte, Blumen mitbrachte und sie auf die Wange küsste. So etwas wie Leidenschaft kannte er offenbar nicht. Sibylle fragte sich, ob er – außer bei der Zeugung seines Sohnes – wohl jemals Sex gehabt hatte. Jedenfalls machte er keine Anstalten, ihr in dieser Hinsicht näherzukommen. Als sie einmal all ihren Mut zusammennahm und ihn darauf ansprach, meinte er, dass dies eine Sache sei, die in die Ehe gehöre. Bis dahin müssten sie sich schon zusammenreißen. Umso größer sei danach die Leidenschaft. Hella stellte fest, dass sie sich wohl für den merkwürdigsten Mann entschieden hatte, den sie überhaupt kannte. Schließlich heirateten sie und es war selbstverständlich, dass sie ihren Beruf aufgab, um sich ganz der Erziehung der Kinder und den häuslichen Pflichten zu widmen. Es gab im Hause Lindemann ein Kindermädchen, eine Haushälterin, eine Putzfrau, eine Köchin und einen Gärtner. Trotzdem war ihr Tag ausgefüllt. Sie kümmerte sich intensiv um die beiden Jungen, kaufte ein, besprach alles Nötige mit den Bediensteten, ging zum Frisor. Ab und zu kam ihre ehemalige Schwiegermutter zu Besuch oder ihre Eltern aus dem Harz. Ferdinand hatte keinen Freundeskreis und auch keine Verwandten, mit denen er sich abgab. Er ging morgens aus dem Haus und kam abends zurück. Ab und zu verreiste er auch geschäftlich. Wenn er zu Hause war, las er Zeitung. Um die Kinder kümmerte er sich nur am Rande. Diese hatten auch gar kein Interesse, sich mit diesem langweiligen Mann abzugeben.

Ihr Liebesleben war nicht mehr als Pflichterfüllung, nicht für sie, sondern für ihn. In der Beziehung zu ihr war er genauso hölzern und technokratisch wie im Beruf. Er war freundlich in seiner Wortwahl, aufmerksam, ihr einen Dienst zu erweisen; er brachte für Frau und Kinder Geschenke mit, aber es war alles irgendwie lieblos und ohne jede Leidenschaft. Selbst wenn er sich ärgerte, zum Beispiel, wenn ihm die Kinder mit ihrem Gezänk und Gekreische den letzten Nerv raubten oder den Inhalt seines Aktenkoffers aus dem Fenster warfen, schaute er nur böse und zog sie am Ohr. Dass er auch nur einmal auf sie einging oder Emotionen zeigte, kam für ihn nicht infrage. Er wäre nie auf die Idee gekommen, die Kinder einmal in den Arm zu nehmen. Allmählich wurde Hella klar, dass sie selbst, ebenso wie die Kinder, das Haus einschließlich Personal, nichts weiter waren als Staffage. Man gehörte einfach dazu und hatte zu funktionieren. Die alte Haushälterin, die Ferdinand schon als Jugendlichen gekannt hatte, erzählte Hella, dass er so wurde, weil seine Eltern ihn dazu gemacht hätten. Seine Kindheit war geprägt von Lieblosigkeit, aber sie hätte die Hoffnung, dass Frau und Kinder ihn doch noch etwas herumbiegen könnten. Seine erste Frau hatte allerdings die Hoffnung nach wenigen Jahren aufgegeben. Nach einem halben Jahr Ehe stellte Hella fest, dass sie schwanger war.

Am nächsten Morgen gegen zehn Uhr bekam Sibylle einen Anruf von Cesarine: »Ich habe mit diesem Kusch von der Mordkommission telefoniert. Man hat nichts gefunden, was dich
belasten könnte. Keine Fusseln und auch keine DNA von dir.«
Natürlich fiel ihr ein weiterer Stein vom Herzen. Aber sie wollte vor allem wissen, was mit Ken los war, und fragte bewusst
scheinheilig: »Hattest du eine aufregende Nacht?«

»Oh, es war eine der aufregendsten Nächte meines Lebens.
Es hat derart gefunkt – am liebsten würde ich alles hinschmeißen und mit diesem Mann bis ans Ende der Welt gehen. Er ist
übrigens auf dem Weg zu dir. Sein Mietwagen steht noch bei
Euch. Er wollte sich ein Taxi nehmen. Ich weiß ja nicht, woher
du ihn kennst und was ihr miteinander zu tun habt. Aber ich
werde dir immer dankbar sein. Ohne dich wäre ich ihm wohl
nie begegnet.«

»Hat er dir nichts erzählt über den Grund seines Kommens?«

»Schätzchen, bist du verrückt? Wir konnten doch keine Zeit
vertändeln mit irgendwelchen banalen Unterhaltungen. Ich
habe die Nacht meines Lebens hinter mir. Ich sehe jetzt zu, dass
ich hier im Büro klar Schiff mache, danach mische ich ein bisschen Polizei und Staatsanwaltschaft auf, und dann will ich Ken
wiedersehen. Behalte ihn ja nicht so lange bei dir. Er soll spätes-
tens heute Nachmittag wieder bei mir sein.«

Kurz nachdem sie das Gespräch beendet hatte, kam Manfred
ins Zimmer, dem sie die Neuigkeiten berichtete. »Toll«, sagte
er, »dann können wir ja am Dienstag unsere Wiederkehr nach
Deutschland feiern.«

»Sicher, aber ich stelle fest, dass wir gar keine Freunde mehr
hier haben. Abgesehen von Antek und meiner Schwester mit
ihrem Mann. Dann natürlich deine Schwester mit Mann. Mehr
haben wir bis jetzt nicht eingeladen. Was ist eigentlich mit dem

Rest deiner Familie? Sollten wir nach so langer Zeit vielleicht mal einen Versuch machen, wieder etwas ins Lot zu kriegen?«

Manfred schaute etwas abwägend und meinte: »Na gut. Von mir aus laden wir meinen missratenen Stiefbruder ein und meinetwegen auch seinen alten Herrn. Wenn sie nicht kommen, bleiben sie eben weg.«

»Gut, das machen wir. Und ich dachte auch an Fräulein Höschen«, sagte Sibylle. »Ich habe diese alte Trulla seit unserer Wiederkehr so richtig ins Herz geschlossen. Und vielleicht auch Amadeus.«

»Ok, einverstanden.«

»Ich bin nur gespannt, was Ken von mir will. Dass er sich extra auf den Weg nach Deutschland gemacht hat, kann gut oder schlecht sein.«

»Sollte es schlecht sein, schlag ich ihm die Zähne aus.«

Manfred hatte es kaum ausgesprochen, als ein Taxi vor dem Haus hielt. Ken stieg aus. Die beiden gingen hinaus, um ihn zu begrüßen. Manfred musste sich allerdings gleich auf seine übliche Einkaufstour begeben. Sibylle setzte sich mit ihrem Gast ins Restaurant, wo die Putzfrau gerade fertig geworden war. Sie grinsten sich an, und Sibylle fragte: »Espresso?«

»Ja, gern.«

Also ging sie an die Bar und betätigte die Kaffeemaschine, kam zurück und setzte sich Ken gegenüber.

»Was war das gestern für ein Schauspiel mit Cesarine?«

Kens Grinsen verwandelte sich in ein freudiges Lächeln. »Ich wurde vom Blitz getroffen. Offenbar ist sie genau die Frau, auf die ich ein Leben lang gewartet habe. Und ihr ging es genauso. Ich bin so unglaublich froh, dass ich gekommen bin.«

»Aber gekommen bist du natürlich meinetwegen. Du konntest ja nicht ahnen, dass du Cesarine hier begegnen würdest.«

»Richtig. Ich bin gekommen, um dir zu sagen, dass du ein ganz böses Mädchen bist.«

»Und du bist ein Lügner. Warum hast du mir erzählt, du

seist verheiratet und hättest ein Haus außerhalb von New York? Wolltest du mich weglocken, um mich umzubringen?«

»Manchmal sind kleine Lügen notwendig. Allerdings habe ich dich unterschätzt. Jetzt bin ich jedenfalls hier, um dir noch eine Chance zu geben. Du hast uns erpresst. Das tut man nicht. Und das ist auch noch niemandem gelungen.«

»Das ist keine Erpressung, sondern meine Lebensversicherung.«

»Und wenn du bluffst?«

»Lass es darauf ankommen.«

»Nein, ich möchte, dass alles wieder gut ist zwischen uns. Bernard ist derselben Meinung.«

»Jetzt sag endlich, was du willst. Du kommst doch nicht nach Deutschland, um Schönwetter zu machen und einen Espresso bei mir zu trinken.«

»Ich denke, du solltest unter Beweis stellen, dass zwischen uns wieder alles in Ordnung ist.«

»Wie soll das gehen?«

»Du wirst einen Auftrag für uns übernehmen.«

»Ihr habt offenbar gut zu tun in Deutschland.«

»Ja, die Auftragslage ist nicht schlecht. Das liegt wahrscheinlich daran, dass wir nicht so plump vorgehen wie unsere osteuropäischen Kollegen, die sich auf dem deutschen Markt tummeln. Unsere Kunden geben gern etwas mehr aus und bekommen dafür Qualität.«

»Und wer ist das glückliche Opfer?«

Ken lächelte und holte aus seiner Brieftasche einen Zettel, den er Sibylle über den Tisch schob. Sie nahm das Papier in die Hand, las und schaute Ken an, als sei er ein Wesen von einer anderen Welt. »Bist du wahnsinnig?«

HANNOVER (VERGANGENHEIT)

Hellas Schwangerschaft verlief reibungslos. Ferdinand war hocherfreut. Er tat das mit seiner Frau, was er unter *Verwöhnen* verstand, was bedeutete, dass er ihr ständig irgendwelche Geschenke mitbrachte. Aus Rücksicht auf das Kind zog er sich nun noch mehr von Hella zurück. Sie versicherte ihm zwar, dass es dem Kind absolut nicht schaden würde, wenn die Mutter Sex hätte. Aber er war da anderer Meinung. Sie verstand diesen Mann immer weniger. Im Dezember brachte Hella schließlich ein gesundes Mädchen zur Welt: Monika. Das Leben verlief in ruhigen Bahnen. Hella hatte gut zu tun mit drei Kindern, konnte sich aber nicht beklagen angesichts der personellen Ausstattung ihres Haushalts. Und sie hatte nie Geldsorgen, wie sie es in ihrer Kindheit oft bei ihrer eigenen Mutter erlebt hatte. Im Grunde fühlte sie sich wie ein Luxusweib. Und trotzdem war sie unzufrieden. Sich um Kinder und Haushalt zu kümmern, erfüllte sie nicht. Auch war es schwierig für sie, Freundschaften zu schließen. Alle Leute, die sie über Kindergarten und Schule kennenlernte, kamen aus einfachen Verhältnissen. Wenn sie mal eingeladen wurde, kam sie gern. Wenn dann die Gegeneinladung durch sie erfolgte, waren die Leute meist beschämt angesichts des Wohlstands der Lindemanns. Ferdinand legte offenbar keinerlei Wert auf Freundschaften. Wenn er mit ihr essen ging, waren sie zu zweit. Konnte sie ihn mal überreden, ins Theater zu gehen und man traf zufällig auf Bekannte von ihm, wurden vielleicht zwei Minuten lang Belanglosigkeiten ausgetauscht. Das fühlte sich alles nicht echt an. Sie war immer froh, wenn sie mit den Kindern für ein paar Tage zu den Eltern in den Harz fahren konnte oder wenn ihre ehemalige Schwiegermutter etwas mit ihnen unternahm, zum Beispiel in den Zoo ging. Alles in allem war es ein tristes Dasein, und Hella schämte sich für ihre Luxusprobleme.

Am meisten störte sie aber die Unzugänglichkeit ihres Mannes. Er zog sich immer mehr zurück, machte immer längere Geschäftsreisen, brachte dann großzügige Geschenke für Frau und Kinder mit – das war's. So ging es ein paar Jahre lang.

Eines Tages klingelte es an der Tür, und ein junger Mann wollte sie sprechen. Die beiden Jungen waren in der Schule, Monika spielte mit dem Kindermädchen in ihrem Zimmer. Der Mann mochte vielleicht fünfundzwanzig sein, sah gut aus und machte einen sehr nervösen Eindruck.

»In welcher Angelegenheit wollen Sie mich sprechen?«, fragte Hella.

»Es geht um Ihren Mann.«

»Ihm ist doch wohl nichts zugestoßen?«

»Nein, so kann man das nicht sagen.«

Sie hatte ein merkwürdiges Gefühl, ließ ihn aber trotzdem eintreten. Im Wohnzimmer bot sie ihm einen Platz an. Dann legte er los. Fünf Minuten lang saß Hella mit vor Staunen geöffnetem Mund da und hörte dem Mann zu. Sie war nicht in der Lage, irgendetwas zu sagen. Der Mann redete ohne Punkt und Komma, wurde zwischendurch laut, dann jammerte er vor sich hin, fing sogar kurz an zu weinen, und brüllte einen Moment später einen Fluch heraus. Als sein Redefluss versiegt war, erwartete er, dass Hella sich äußerte. Stattdessen stand sie auf und sagte: »Bitte verlassen Sie jetzt dieses Haus und kommen nie wieder.«

Sie brauchte ein paar Stunden, um zu begreifen, was geschehen war. Der junge Mann hatte davon geredet, dass er und Ferdinand sich liebten. Ihre Beziehung dauerte nun schon zwei Jahre. Sie trafen sich auf angeblichen Geschäftsreisen ihres Mannes oder nachmittags, wenn er im Büro vorgab, Termine zu haben. Ferdinand habe ihm ein anderes Leben versprochen. Er könne dieses Versteckspiel nicht mehr aushalten. Ferdinand sei auch unglücklich, habe aber einfach zu viel Verantwortungsgefühl, um sein Leben zu ändern. Ganz allmählich begriff Hella, warum ihr Mann sich ihr gegenüber so verhielt. Wie die meisten Menschen vor vierzig Jahren wusste sie nicht viel über Homosexualität. Auf jeden Fall war es ein Makel, es war *unanständig*. Erst vor ein paar Jahren war diese Art der Sexualität als Straftatbestand abgeschafft worden. Kaum ein Mensch war tolerant genug, um so etwas in seiner Umgebung einfach zu akzeptieren. Über solche Leute machte man seine Witze oder sah sie als krank an. Im schlimmsten Fall beides. Als Geschäftsmann wäre Ferdinand erledigt, wenn das herauskam.

Als Ferdinand am späten Nachmittag nach Hause kam, war er wie immer. Er begrüßte Hella und die Kinder kurz, setzte sich in seinen Lieblingssessel am Fenster zum Garten und nahm die Zeitungen und Zeitschriften, die dort für ihn bereitlagen. Das hieß also, dass sein Liebhaber ihn nicht über den Besuch bei seiner Frau informiert hatte. Nach dem Abendessen brachte Hella die Kinder zu Bett und ging dann auch ins Wohnzimmer, wo Ferdinand es sich vor dem Fernseher gemütlich gemacht hatte. Als sie das Gerät ausschaltete, machte er ein verdutztes Gesicht und sagte: »Entschuldige, ich wollte das gern sehen.«

»Das kannst du, wenn wir geredet haben. Es gibt etwas Dringendes zu besprechen.«

»Geht es um die Kinder? Hat Ferdinand wieder etwas in der Schule angestellt?«

»Nein, hat er nicht. Du hast etwas angestellt.«

Für ihren Mann war es zweifellos die dunkelste Stunde seines Lebens. Sein Lügengebäude war über ihm zusammengebrochen. Nachdem er zunächst versucht hatte, seinen Geliebten als einen Lügner und Spinner hinzustellen, erkannte er, dass er damit nicht durchkam. Er gab alles zu und schämte sich in Grund und Boden. Hella, die den Tag über zwischen Wut und Enttäuschung hin- und hergerissen war, tat er leid. Sie konnte nachfühlen, was dieses Geständnis für ihn bedeutete.

Schließlich setzte sie sich ihm gegenüber und sagte ganz ruhig: »Ich wusste von Anfang an, dass irgendetwas nicht stimmt.

Dein merkwürdiger Heiratsantrag, deine kühle Art, die Lustlosigkeit mir gegenüber...«

»Es tut mir leid; ich bin, wie ich bin.«

»Ich mache dir keinen Vorwurf daraus. Wahrscheinlich kann man es sich nicht aussuchen. Nur einen Vorwurf kann ich dir nicht ersparen: Warum bist du nicht ehrlich zu mir gewesen?«

»Hättest du mich etwa geheiratet, wenn ich es dir vorher gestanden hätte?«

Hella dachte kurz nach und sagte dann: »Wahrscheinlich nicht. Aber es auf diese Art und Weise zu erfahren, ist wirklich ganz schlimm.«

Zum ersten Mal in ihrer Ehe sprachen die beiden lange und ausführlich miteinander. Bei Ferdinand war ein Damm gebrochen. Er erzählte seine ganze Geschichte, angefangen von der Pubertät, über seine ersten Erfahrungen mit Mädchen und danach mit jungen Männern, über seine erste Ehe, über seine außerehelichen Kontakte mit Männern bis heute. Hella hörte zu und ermutigte ihn, wenn er ins Stocken geriet, weiter zu erzählen. Danach war ihm wohler zumute, aber er war überzeugt, dass nun alles aus sei: Ehe und Familie, seine exponierte Position als Firmenchef, sein öffentliches Ansehen, alles.

Stattdessen sagte sie: »Ich werde dich nicht verlassen und damit die Familie auseinanderreißen. Du musst mir allerdings versprechen, dass du keine so engen Beziehungen mehr eingehst. Das, was heute passiert ist, war schrecklich. Übrigens nicht nur für dich und mich, sondern auch für diesen jungen Mann, der sich Hoffnungen gemacht hat, die du nicht erfüllen kannst. Wir können uns arrangieren, dass wir beide gewisse Freiheiten haben, aber vor allem für die Kinder da sind, solange sie uns brauchen.«

Sibylle konnte es nicht fassen. Auf dem Zettel, den Ken ihr gegeben hatte, stand: *Ferdinand Lindemann senior, Hannover*

Als Ken Sibylles Gesichtsausdruck sah, schoss aus ihm heraus: »Sag bitte nicht, dass du ihn kennst.«

»Und ob ich ihn kenne. Er war der Stiefvater meines Mannes. Wer hat dir diesen Auftrag erteilt?«

»Du glaubst doch nicht, dass ich dir das sage.«

»Sag es mir, und zwar sofort!«

Es gab einen scharfen Wortwechsel zwischen den beiden. Ken stellte sich stur, bis Sibylle schließlich sagte: »Wenn ich nicht erfahre, wer der Auftraggeber ist, erzähle ich Cesarine, dass du mit mir ins Bett gehüpft bist.«

»Aber das stimmt doch gar nicht.«

»Natürlich nicht. Aber woher soll sie wissen, wer von uns beiden lügt?«

»Du bist ein durchtriebenes Miststück!«

»Ich weiß.«

»Das wagst du nicht.«

»Lass es drauf ankommen, dann wirst du sehen, ob ich es wage.«

»Cesarine ist die grandioseste Frau, der ich je begegnet bin. Wenn du mir das zerstörst, dann…«

»… bringst du mich um?«

»Gut, ich sage es dir. Es ist sein Sohn. Ferdinand junior will seinen Vater aus dem Weg räumen. Und zwar muss es vor dem 25. August sein. Denn an diesem Tag hat der Vater einen Termin beim Notar, um sein Testament zu ändern. Das wäre wohl nicht im Sinne seines Sohnes, der offenbar in Ungnade gefallen ist.«

»Das kann ich mir gut vorstellen. Der Typ ist ein Arschloch.«

»Das freut mich zu hören. Bei diesen verwandtschaftlichen Beziehungen dürftest du also keinen Grund haben, den Auftrag nicht zu erledigen?«

»Im Prinzip nicht.«

»Das würde mich sehr freuen. Du bist die Beste. Außerdem wäre damit wieder alles im Reinen zwischen uns.«

Sie lächelten sich an und Sibylle fragte: »Wann fliegst du zurück nach New York? Wenn ich es richtig sehe, hast du ja nun alles erledigt. Du hast mich zur Räson gebracht und bist den Auftrag bei mir losgeworden.«

»Und ich habe Cesarine getroffen. Ich kann jetzt nicht einfach abhauen, es sei denn, sie kommt mit mir. Aber das kann ich mir nicht vorstellen. Sie hat ja sicher auch Verpflichtungen. Also, ich bleibe noch etwas. Zumindest so lange, bis ich mir im Klaren bin, wie es weitergeht. Eine Frau wie Cesarine werde ich nie wieder treffen.«

»Du hast dich schlagartig verliebt. Wie vom Blitz getroffen.«

»Es ist mehr als das. Seit ich gestern Abend hier in dieses Restaurant getreten bin, weiß ich, dass ich kurz vor der Erfüllung meines Lebens stehe. Und ich werde alles tun, dass ich diese Erfüllung erreiche. Ob in New York oder hier oder am Nordpol. Ich kann einfach nicht mehr von dieser Frau lassen.«

»Sie ist etwas Außergewöhnliches. Ich verstehe dich sehr gut. Ich habe sie ja auch erst gestern kennengelernt, aber ich wusste sofort, dass mir nichts geschehen kann, wenn sie meine Belange in die Hand nimmt. Sie ist einfach großartig.«

Ken fuhr zurück nach Göttingen. Als Manfred mittags von seiner Einkaufstour zurückkam, telefonierte er mit seiner Schwester Monika, die in Hannover lebte und in der Firma ihres Vaters, Lindemann Süßwaren, in leitender Stellung arbeitete. Monika war für ihn die Verbindung zu seinem früheren Stiefvater Ferdinand und dessen Sohn. Mit Ferdinand senior hatte er schon seit seinem achtzehnten Lebensjahr nicht mehr gesprochen. Ferdinand junior hatte er vor ein paar Jahren mal bei Monika getroffen, als er mit Sibylle und Tochter eine Deutschlandreise gemacht hatte. Der Kerl war noch genauso blöd wie damals: große Klappe, aufschneiderisch, das Geld des Vaters verprassend. Ferdinand junior hatte mit Ach und Krach sein Wirtschaftsstudium beendet und war in der Firma zuständig für die Finanzen. Auf Anraten Monikas rief er ihn an, um ihn für nächsten Dienstag einzuladen. Er sagte mit großem Vergnügen zu.

Dann rief er Ferdinand senior an und war völlig perplex, wie der sich jetzt anhörte. Er war ja nicht mehr der Jüngste. Wenn er richtig rechnete, müsste er mittlerweile an die achtzig sein.

»Hallo Ferdinand, hier ist Manfred.« Ruhe in der Leitung. Dann fuhr er fort: »Manfred, der Bruder deiner Tochter Monika, der Sohn deiner Verflossenen.«

»Ich weiß, wer du bist. Ich habe nur nicht mit deinem Anruf gerechnet. Wo bist du denn abgeblieben? Monika erzählte mir, dass du in Amerika warst und nun wieder zurück in Deutschland bist.«

»Ich betreibe ein Restaurant in Duderstadt.«

»Ah ja.«

»Ja, und ich dachte mir, dass wir uns nach all der Zeit vielleicht mal wiedersehen sollten. Ich möchte dich gern einladen.«

»Es ist schön, dass du anrufst. Wahrscheinlich war es ziemlich dumm von mir, wie ich damals reagiert habe. Zumindest hätten wir wieder Kontakt aufnehmen sollen. Immerhin verbindet uns ja deine Schwester. Und auch die Jahre mit deiner Mutter in meinem Haus waren nicht die schlechtesten. Wann soll ich denn kommen?«

»Am Dienstag. Das ist der 24. August.«

»Da kann ich nicht. Aber das ist ja kein Problem. Jetzt, wo du wieder da bist, finden wir auch einen anderen Termin. Ich reise auch nicht mehr so gern. Vielleicht kann ich dich anrufen und wir verabreden einen Termin hier in Hannover.«

»Natürlich. Ich komme gern. Dann können wir in Ruhe reden. Wenn du mich anrufen willst, Monika weiß, wie du mich erreichst.«

»Prima. Es ist gut, dass du den ersten Schritt gemacht hast. Ich muss allerdings sagen, dass du mich ziemlich aus der Fassung gebracht hast. Ich fühle mich fast etwas überrumpelt, wenngleich es eine angenehme Überrumpelung ist. Ich hatte einfach nicht mit dir gerechnet. Ich habe zwar öfters daran gedacht, mal wieder Kontakt aufzunehmen, mich aber immer gescheut, weil ich annahm, dass du an dem alten Kerl, der mit deiner Mutter verheiratet war, sowieso kein Interesse hast.«

»Doch, das habe ich. Und nun haben mich meine Frau und Monika ermutigt, dich endlich anzurufen. Natürlich hat mich das auch Überwindung gekostet. Aber lass uns darüber reden, wenn wir uns sehen.«

»Das machen wir. Danke, dass du den ersten Schritt gemacht hast.«

Manfred hätte es nicht für möglich gehalten, dass das alte Ekel so gezähmt war. Die letzte Begegnung mit ihm war alles andere als harmonisch gewesen. Mit großer Erleichterung legte er auf.

HANNOVER (VERGANGENHEIT)

In den darauffolgenden Jahren lebten Hella und Ferdinand mehr neben- als miteinander. Es gab keine unschönen Auseinandersetzungen, wichtige Dinge die Kinder betreffend besprachen sie. Aber sie unternahmen wenig mit der ganzen Familie. Und bei Hella machte sich gelegentlich der Frust breit über ihr Dasein. Sie hatte ihre Aufgaben im Haus und kümmerte sich um die Kinder, wobei sie natürlich vieles an die Bediensteten delegieren konnte. Sie fühlte sich unendlich einsam und isoliert. Es mangelte ihr an Liebe und Zuwendung. Auch war sie nicht der Typ, um erotische Abenteuer zu suchen. Sie hatte sich in einer Vernunftsehe arrangiert. Ein

Schicksal, dass sie mit vielen Frauen in ähnlicher gesellschaftlicher Stellung teilte. Dennoch – der Wohlstand, in dem sie lebte, war kein Ausgleich für das, was sie vermisste. Ferdinand genehmigte sich des Öfteren ein verlängertes Wochenende. Hella wollte gar nicht wissen, mit wem. Für die Familie war er jedenfalls nur am Rande erreichbar. Als die Kinder heranwuchsen und Hella mit allen Problemen bezüglich der Erziehung allein dastand, verlor sie zunehmend die Kontrolle. Mit vierzehn entwickelte sich Ferdinand junior zu einem Tyrannen. Patzige Antworten in der Pubertät sah sie durchaus als normal an, aber was der Junge ihr bot, ging oft über die Grenzen des Erträglichen hinaus.

»Du bist nicht meine Mutter. Von einer dahergelaufenen kleinen Sekretärin, die sich einen reichen Sack geangelt hat, lass ich mir gar nichts sagen«, brüllte Ferdinand sie an. Das war das erste Mal, dass sie dem Jungen eine Ohrfeige verpasste. Wenn sie sich bei seinem Vater über derlei Ausbrüche beschwerte, knöpfte er sich den Sohn vor und strich ihm das Taschengeld. Aber das nahm er sich dann aus den Portemonnaies der Eltern. Er hatte einen enormen Bedarf an Geld, um vor seinen Freunden gut dazustehen. In der Schule galt er als Aufschneider; mit Manfred, der aufgrund seines Alter noch nicht so kräftig war, prügelte er sich aus nichtigen Gründen herum. Mit fünfzehn hatte sein Verhalten Ausmaße angenommen, die über Sibylles Kräfte gingen. Die Stimmung im Hause Lindemann hatte einen Tiefpunkt erreicht. Dazu trug auch bei, dass ihr Mann immer weniger zu Hause war. Als Hella krank wurde, schrillten auch bei ihm die Alarmglocken, dass etwas geschehen musste. Er entschied, dass sein Ältester auf ein Internat kam.

Bei Hella wurde eine Herzschwäche diagnostiziert. Sie war zwar erst Mitte dreißig, aber das könne auch angeboren sein, meinte der Arzt und fügte hinzu, dass Aufregung Gift für sie sei. Sie brauchte Ruhe. Für Ferdinand war das eine gänzlich neue Erfahrung. Bisher hatte immer alles geklappt. Um Haus und Kinder brauchte er sich nie groß zu kümmern, schon gar nicht um eine Frau. Es funktionierte alles. Dieser Zustand war für ihn derart unbefriedigend, dass er sich oft dazu hinreißen ließ, seiner Frau Vorhaltungen zu machen. Sie sei zu schwach, um sich trotz aller Hilfe um die Erziehung von drei Kindern zu kümmern. Es kam zu lautstarken Auseinandersetzungen. Eines Tages packte sie ihre Koffer und die ihrer beiden Kinder Manfred und Monika. Sie schrieb ihrem Mann einen Brief, setzte sich mit ihren Kindern ins Auto und fuhr zu ihren Eltern in den Harz. Diese hatten in Clausthal-Zellerfeld ein kleines Haus und nahmen die Tochter selbstverständlich auf. Als Ferdinand ein paar Tage später aufkreuzte und sie nicht dazu bewegen konnte, zurückzukommen, erklärte er sich bereit, ihr ein Haus zu kaufen und Unterhalt zu zahlen. Sie reichten die Scheidung ein.

DUDERSTADT

Nachmittags berichtete Manfred dann Sibylle, dass er mit seiner Schwester Monika und den beiden Ferdinands telefoniert hatte. »Monika kommt – allerdings ohne ihren Mann. Der treibt sich zurzeit geschäftlich in Asien herum. Und mein missratener Stiefbruder kommt auch. Ferdinand senior kann nicht. Aber er wird mich anrufen, um dann mal einen Termin in Hannover auszumachen. Er reist nicht mehr so gern.«

Jetzt schrillte bei Sibylle eine Alarmglocke. »Sag mal, ist der kommende Dienstag etwa der 24. August?«

»Ja, warum ist das so wichtig?«

»Ach du Scheiße!«

»Jetzt sag mir, was los ist.«

Etwas kleinlaut, mit der Mimik eines Hündchens, das gerade den Lachs vom Esstisch gestohlen hat, sagte Sibylle: »Ken verlangt von mir, dass ich noch einen Auftrag erledige, damit zwischen uns wieder alles im Reinen ist.«

»Und was hat das mit dem zu tun, was ich dir eben erzählt habe?«

»Ja, weißt du, das Problem besteht aus den beiden Ferdinands. Es gibt einen Auftrag zur Beseitigung des alten Mannes.«

»Was? Das kannst du auf keinen Fall tun!«

»Es geht noch weiter. Jetzt rate mal, wer den Auftrag erteilt hat.«

»Lass den Quatsch. Raus mit der Sprache!«

»Dein Stiefbruder will seinen eigenen Vater liquidieren lassen, weil dieser am 25. August einen Termin beim Notar hat, um sein Testament zu ändern.«

»Dieses Schwein! Er hat Angst, dass er nicht genug abkriegt von dem Millionenerbe. Du hast Ken natürlich gesagt, dass du das nicht machst.«

Jetzt hatte sich Sibylles Blick in den eines kleinen Hündchens verwandelt, das nicht nur den Lachs, sondern auch noch den Schinken verspeist hatte und dabei ertappt wird, wie es sich über das Dessert hermacht.«

»Sibylle, sag, dass das nicht wahr ist. Du wirst den alten Ferdinand auf keinen Fall abmurksen! Erstens bringt man niemanden aus seiner Familie um, wenn es nicht unbedingt sein muss. Und zweitens stell dir mal vor, Ferdinand vermacht mir nur zehn Prozent seines Vermögens. Das dürfte ein Vielfaches von dem sein, was Ken dir zahlt.«

»Ich weiß. Aber wie soll ich da jetzt wieder rauskommen? Er verlässt sich auf mich. Wenn ich hier wieder patze, wie ich es schon bei Amadeus getan habe...«

»Du bist einfach zu gutherzig für diesen Beruf. Sag Ken, dass du es aus persönlichen Gründen nicht tun kannst.«

»Dann holt er sich einen Anderen, der ihn am 24. August umbringt, und er kann sein Testament am 25. nicht mehr ändern. Dann gehst du leer aus.«

»Es ist mir egal, ob ich etwas erbe. Ich will nicht, dass der alte Mann umgebracht wird. Basta!«

Am nächsten Morgen hatte Cesarine wieder eine Gerichtsver-
handlung. Die Nacht war kurz gewesen. Am gestrigen Abend
hatte sie zur Einstimmung die *Lohengrin*-Overtüre angestellt,
danach eine Arie aus dem *Fliegenden Holländer* und als Zwi-
schenhöhepunkt das Finale der *Götterdämmerung*. Etwas Erho-
lung gönnte man sich beim *Tannhäuser*, aber nur um den sich
anschließenden und abschließenden absoluten Höhepunkt –
den *Walkürenritt*, gespielt vom Nederlands Philharmonisch Or-
kest unter Leitung von Hartmut Hänchen, überstehen zu können. Ken und Cesarine waren außer sich vor Hingabe, während
die Nachbarn außer sich vor Wut waren wegen der Lautstärke,
in der man diese göttliche Musik nun einmal hören muss. Ken
bestand darauf, Cesarine zum Gericht zu begleiten. Er war zwar
der deutschen Sprache nur sehr bedingt mächtig, aber den Auf-
tritt dieser anbetungswürdigen Frau würde er sich um nichts in
der Welt entgehen lassen.

Es fand eine Zeugenvernehmung in einem Prozess wegen
schweren Raubes statt. Auf dem Zeugenstuhl saß ein älterer
Mann namens Heinz Zipfel, der schon genervt alle Fragen
des Vorsitzenden und des Staatsanwalts beantwortet hatte.
Er war neben dem Opfer, das sich nicht sicher war, ob der
Angeklagte wirklich der Täter war, der einzige Augenzeuge und
hatte Cesarines Mandanten, einen dreißigjährigen Deutschen
afrikanischer Herkunft, stark belastet.

Der vorsitzende Richter, ein Mann von Anfang fünfzig,
schaute zu Cesarine und sagte: »Frau Verteidigerin, haben Sie
Fragen an den Zeugen?«

Mit ausgesuchter Freundlichkeit antwortete sie: »Aber gewiss, Herr Vorsitzender.« Dann erhob sie sich und ging auf den
Zeugen zu, der mitten im Saal, einige Meter vom Richtertisch
entfernt, saß. Sie lächelte den Zeugen anheimelnd an und fragte:

»Herr Zipfel, wann haben Sie den Angeklagten zum ersten Mal gesehen?«

Der Mann, der Mitte siebzig war und ein verbrämtes Gesicht machte, überlegte kurz und sagte dann: »In der Nacht, als er sich auf die Frau gestürzt hat.«

»Und wann haben Sie ihn zum zweiten Mal gesehen?«

Herr Zipfel schaute zum Angeklagten, dann zum Richtertisch.

»Herr Zipfel, hier bin ich. Ich habe Ihnen eine Frage gestellt.«

»Ich weiß bloß nicht, was ich sagen soll. Das wissen Sie doch.«

»Nein, deshalb frage ich ja, Herr Zipfel«, sagte die Verteidigerin in einem Ton, als ob sie mit einem kleinen Kind spräche.

»Heute, hier im Gerichtssaal hab ich ihn zum zweiten Mal gesehen.«

»Aha. Hat die Polizei Sie nicht zu einer Gegenüberstellung geholt?«

»Nein, die haben mir nur ein Bild gezeigt, und darauf hab ich ihn erkannt.«

Jetzt öffnete Cesarine vor gespielter Fassungslosigkeit den Mund, ging ein paar Schritte auf den Staatsanwalt zu, drehte sich dann abrupt zu dem Zeugen und sagte: »Sie haben den Täter also damals in der Nacht gesehen, und fünf Monate später erkennen sie ihn im Gerichtssaal wieder. Ist das richtig?«

»Ja.«

»Ich beneide Sie um Ihr Gedächtnis. Noch dazu, wo es damals stockfinster war. Sie haben also aus dem Fenster geschaut, durch die Bäume und Sträucher mit Röntgenaugen hindurchgesehen und einen Menschen, noch dazu einen schwarzen Menschen, in einer Entfernung von dreißig Metern so gut gesehen, dass sie ihn fünf Monate später sofort wiedererkennen. Woran haben Sie ihn denn wiedererkannt?«

Jetzt wusste Herr Zipfel nichts mehr zu sagen und stammelte: »Prrrr, ich hab ihn eben erkannt.«

»Aha, haben Sie ihn am Gesicht erkannt oder an irgendwelchen Körperteilen? Hat er irgendetwas Außergewöhnliches an sich? Sein Gesicht war ja wohl bei Dunkelheit nicht so gut zu erkennen.«

»Na ja, der ganze Körper eben...«

»Der ganze Körper, also der Rücken, der Bauch, der Hintern, die markanten Hände...«

»Ich weiß nicht, was ich da sagen soll. Er ist es eben.«

Nun erhob Cesarine ihre gefürchtete Stimme und schrillte los: »Ich will Ihnen sagen, was Sie gesehen haben: Sie haben einen dunkelhäutigen Mann gesehen, bei dem Sie Kopf und Arsch nicht auseinanderhalten konnten, von Gesichtszügen ganz zu schweigen. Sie lügen wie gedruckt. Ich werde Ihnen jetzt noch eine einzige Frage stellen, und wenn Sie die falsch beantworten, werde ich Ihre Vereidigung beantragen. Zu Ihrer Information: Für einen Meineid wandert man ins Gefängnis.«

Der Staatsanwalt versuchte, etwas zu sagen. Der Vorsitzende versuchte, der Verteidigerin durch ein mäßigendes Handzeichen Einhalt zu gebieten, aber Cesarine beachtete es nicht und fragte schließlich, wieder etwas ruhiger werdend: »Können Sie mit hundertprozentiger Sicherheit sagen, dass der Angeklagte der Mann war, den Sie in besagter Nacht gesehen haben? Ja oder nein?«

Der Zeuge holte tief Luft und versuchte, sich einen Satz zurechtzulegen. Aber Zicke-Sandelholz schrillte wieder los: »Ja oder nein?«

Tief ausatmend sagte Herr Zipfel: »Nein.«

»Danke, ich habe keine weiteren Fragen.«

Nun versuchte der Staatsanwalt wieder, etwas von sich zu geben. Aber Cesarine kam ihm zuvor. Sie ging auf ihn zu und sagte: »Herr Staatsanwalt, wenn Sie meinen, mit dieser schludrigen Arbeit, die Sie hier abgeliefert haben, einen unschuldigen Menschen hinter Gitter zu bringen, dann haben Sie sich geirrt. Die Polizei macht keine Gegenüberstellung...«

Jetzt konterte der Staatsanwalt: »Kriegen Sie doch mal genug Schwarze zu einer Gegenüberstellung zusammen.«

Cesarine hatte sich umgedreht und machte nun eine Drehung um hundertachtzig Grad, um den Staatsanwalt anzusehen.

»Ach, da haben Sie sich gedacht: Ist doch scheißegal, wer für das Verbrechen in den Knast wandert, Hauptsache schwarz.«

»Das ist unerhört, das lass ich nicht auf mir sitzen.«

Der Vorsitzende machte sich bemerkbar: »Sie hören jetzt beide auf, in diesem Ton zu reden! Frau Verteidigerin, bitte greifen Sie den Staatsanwalt nicht in dieser Form an, und heben Sie sich Ihre Schlussfolgerungen für das Plädoyer auf. Zunächst einmal möchte ich den Zeugen entlassen. Hat noch jemand Fragen?«

Der Staatsanwalt winkte resigniert ab, die beisitzenden Richter schüttelten mit dem Kopf. Cesarine setzte sich auf ihren Platz und lächelte ihren Mandanten an.

In der Pause ging Ken ganz begeistert auf Cesarine zu und sagte: »Du hast gekämpft wie eine Löwin. Das war fantastisch, auch wenn ich nur die Hälfte mitbekommen habe.«

CLAUSTHAL-ZELLERFELD / HANNOVER (VERGANGENHEIT)

Hella lebte auf. Monika und Manfred gewöhnten sich schnell an die neue Umgebung. Das überschaubare Doppelstädtchen im Oberharz war für Heranwachsende ein idealer Ort, um sich frei zu bewegen, ohne dass Hella Angst haben musste, dass sie unter die Räder kamen. Im Sommer durchstreiften sie zusammen mit Gleichaltrigen die Wälder und gingen in den herrlichen Teichen baden, im Winter konnte man oft Ski laufen oder rodeln. Es gab nicht die vielen Ablenkungen und Versuchungen der Großstadt, worüber Hella sehr froh war. Schließlich war sie selbst ja ebenfalls ein Kind des Harzes und hatte beste Erinnerungen an ihre Jugend. In der Schule lief es für beide ganz passabel. Als Manfred sechzehn war, legte er sich mit dem einen oder anderen Lehrer an. In seinem Lieblingsfach Englisch wurde er von einem älteren Fräulein namens Lilly Höschen unterrichtet. Hinter vorgehaltener Hand sagten alle *Hös-chen*. Solange sie es nicht hörte, war alles gut. Und dann verliebte er sich in ein außergewöhnlich hübsches Mädchen namens Sibylle.

Einmal im Monat fuhren Monika und Manfred nach Hannover, um ein Wochenende bei Ferdinand zu verbringen. Er nahm sich an diesen Tagen mehr Zeit für die Kinder, als es jemals der Fall gewesen war, als sie noch zusammengewohnt hatten. Irgendwann hatte Manfred keine Lust mehr, mitzufahren, sodass Monika allein bei ihrem Vater war. Ferdinand junior war bis zum zwanzigsten Lebensjahr im Internat, wo er das Abitur mit Ach und Krach schaffte. Dann studierte er Wirtschaft.

Als Manfred achtzehn war, machte er den Führerschein und bekam einen alten Käfer. Eines Tages verabredete er sich mit seinem Ex-Stiefbruder Ferdinand in Hannover. Er nahm Sibylle mit, und das Trio machte einen Zug durch die Diskotheken. Ferdinand schmiss mit dem Geld nur so um sich. Seine Großspurigkeit hatte eher noch zugenommen. Sein Vater schien sehr spendierfreudig zu sein. Ein Student, der einen teuren Sportwagen fuhr, war sicherlich die große Ausnahme. Spätabends wollten Manfred und Sibylle wieder nach Hause fahren. Da kam Ferdinand auf die Idee, ihnen noch das neu kreierte Karamellbonbon aus der Fabrik seines Vaters mitzugeben. Einfach nur so aus Spaß. Also fuhren sie zu Lindemanns Süßwarenfabrik. Der Pförtner kannte den Junior natürlich und ließ ihn und seine Gäste herein. Es wurde noch gearbeitet. Die Spätschicht war erst gegen Mitternacht zu Ende. Sie mussten sich aus hygienischen Gründen weiße Schutzkleidung überziehen und empfanden es als Riesenspaß, einfach so durch die Produktionsstätten zu gehen. In einem Raum befand sich ein riesiger Behälter mit dickflüssiger Karamellmasse. Entgegen jeglicher Hygienevorschriften steckte

Ferdinand seinen Finger hinein, um dann Manfreds Gesicht mit dem klebrigen Zeug einzuschmieren.

»Ey, bist du verrückt!«

Aber Ferdinand grinste nur, nahm noch mehr von der Masse und schmierte es Manfred in die Haare. Jetzt packte dieser Ferdinand, sodass es zu einer Rangelei kam. Dann ein Schubs, und Ferdinand fiel in den riesigen Bottich. Das Bild, wie der karamelisierte junge Mann da herauskroch, würde niemals jemand vergessen, der das gesehen hatte. Die Arbeiter liefen zusammen. Einige konnten sich vor Lachen nicht halten, andere wurden von Panik ergriffen. Das war der Super-GAU. Die wertvolle Karamellmasse musste entsorgt werden, es entstand eine Produktionsunterbrechung. Der Schaden war beträchtlich. Das war den drei jungen Leuten natürlich nicht bewusst. Eine klebrige Spur hinter sich herziehend verließen sie die Fabrik. Ferdinand zog sich auf dem Firmenparkplatz bis auf die Unterhose aus, weil er so nicht in sein Auto steigen konnte. Manfred und Sibylle fuhren Richtung Harz. Unterwegs musste Manfred anhalten, weil er vor Lachen nicht mehr fahren konnte.

Das dicke Ende kam am nächsten Tag. Ferdinand senior war natürlich berichtet worden, was in der Fabrik vorgefallen war. Zuerst machte er seinen Junior zur Schnecke. Er nahm ihm die Schlüssel für seinen Sportwagen weg, den er verkaufen wollte, um den entstandenen Schaden zu regulieren. Er hoffte, ihn dadurch endlich zur Räson bringen zu können. Dann rief er bei Hella an, wetterte über ihren missratenen Sohn und stellte klar, dass er für dessen Studium nicht aufkommen würde. Das hätte er sich verscherzt. Vielleicht würde er noch mal darüber nachdenken, wenn er nach Hannover käme und sich bei ihm entschuldigte. Von seiner Mutter darauf angesprochen, sagte Manfred, er denke gar nicht daran, sich dafür zu entschuldigen. »Der alte Ferdinand kann sich sein Geld mitsamt seinen klebrigen Boltchen in den After schieben. Ich krieche nicht zu Kreuze.«

Das war der letzte Kontakt zu seinem ehemaligen Stiefvater gewesen. Und tatsächlich: Er zahlte weiterhin den Unterhalt für seine Ex-Frau und das Studium für seine Tochter. Aber Manfred ging leer aus und war neben den Zuwendungen durch seine Mutter gezwungen, sich mit Jobs über Wasser zu halten. Als Hella ein paar Jahre später starb, ging er mit Sibylle nach Amerika, wo sie weiter studierte und Manfred die Familie mit seiner Kochkunst ernährte.

DUDERSTADT

Heute war Sonntag. In zwei Tagen war es so weit. Das Datum, an dem sich alles entscheiden sollte, rückte immer näher. Sibylle hatte beschlossen, Manfreds Stiefvater, den alten Ferdinand, nicht zu liquidieren, auch wenn Ken nach wie vor davon ausging. Stattdessen wollte sie Ferdinand junior mit seinen Mordabsichten konfrontieren und ihm nahelegen, den Auftrag in letzter Minute zu stornieren und Ken trotzdem zu bezahlen. Wie sie den Amerikaner kannte, würde der sie sofort kontaktieren und froh sein, dass sie noch nicht zur Tat geschritten war. Sie hatte sich sogar schon die Worte zurechtgelegt, die sie ihrem Ex-Boss sagen würde: *Da hast du aber Glück gehabt. Ich war gerade im Begriff, die Sache zu erledigen.*

Tatsächlich wusste sie jedoch nicht, ob Ken sich überhaupt noch in Deutschland befand. Und warum war er überhaupt gekommen? Sollten etwa nur diese beiden kurzen Gespräche der Grund für seine Reise gewesen sein? Dann musste sie ja wirklich Eindruck gemacht haben mit ihrer Drohung. Und dann diese verrückte Begegnung mit Cesarine. Zwischen Ken und der extrovertierten Blonden hatte es mehr als gefunkt, es hatte regelrecht eingeschlagen. Sie nahm sich vor, Cesarine am nächsten

Tag unbedingt anrufen, um zu erfahren, wie es nun weitergehen sollte mit den beiden. Außerdem wollte sie sich noch einmal bedanken für ihren großartigen Beistand. Jetzt würde das LKA sie wohl endlich in Ruhe lassen mit diesem läppischen Mord an dem Gewerbeaufsichtsfritzen. Am besten, sie lud Cesarine für Dienstag ein.

LAUTENTHAL

Lilly würde Gretel heute wieder nach Braunlage bringen. Sie wollten noch gemütlich Kaffee trinken und sich dann auf den Weg machen. Da hielt Anteks Angeberauto, wie Lilly es nannte, vor ihrem Haus.

»Na, der Bengel hat mir jetzt gerade noch gefehlt«, entglitt es ihr, und Gretel schaute sie grinsend an. Sie wusste, dass Lilly den Kerl mochte, da beide über eine ähnliche Mentalität verfügten, Lilly dies aber geflissentlich zu verbergen suchte. Lilly öffnete und bat Antek auf den Balkon, der eine herrliche Aussicht auf das Städtchen und die bewaldeten Berge bot. »Du hast wohl den Kaffeedunst gerochen, Antek? Setz dich, Gretel hat gebacken.«

»Oh, da komme ich ja gerade richtig.«

»Was führt dich schon wieder in meine bescheidene Hütte, Antek?«

»Sind Sie auch von Sibylle und Manfred eingeladen zu diesem Begrüßungsfest?«

»Allerdings.«

»Wenn Sie nicht selbst fahren wollen, nehme ich Sie natürlich gern mit, Fräulein Höschen.«

»Das ist nett von dir. Aber mir diese Frage zu stellen, ist sicherlich nicht der Grund deines Kommens.«

»Nein. Ich weiß einfach nicht, was wir machen sollen. Ich meine die Sache mit Sibylle.«

»Ich habe sie doch direkt gefragt, ob sie eine Auftragsmörderin ist, und sie hat es verneint. Und Amadeus sei nicht mehr in Gefahr.«

»Aber woher wissen wir, ob das alles stimmt? Sie wird doch nicht einfach zugeben, dass sie für Geld Menschen umbringt.«

Jetzt mischte sich Gretel ein: »Für so intelligente Menschen seid ihr beide verblüffend dämlich. Aber das ist wohl in Akademikerkreisen so. Soll sie etwa zugeben, dass sie eine Mörderin ist? Vielleicht beschäftigt sie sich ja auf der guten Seite mit Mord und Totschlag und verfügt über ein entsprechendes Wissen. Auf diese Weise konnte sie wahrscheinlich auch Amadeus davor bewahren, dass ihm etwas passiert. Will das nicht in eure Schädel rein?«

»Doch, das verstehe ich durchaus. Ich sehe ja nur dumm aus. Ich mache mir halt Sorgen. Ich würde mein Lebtag nicht mehr froh, wenn Amadeus etwas zustieße«, sagte Lilly.

»Na, so viele Tage sind es ja nicht mehr.«

Antek gluckste in sich hinein und Lilly antwortete auf Gretels finstere Prognose: »Du bist heute mal wieder von ausgesuchter Höflichkeit, Gretel. Warum wirfst du uns solche Sachen an den Kopf?«

»Ich bin böse. Und Sie, Antek, müssen sich mal langsam entscheiden. Entweder Sie lassen die Dinge so laufen und warten ab, oder Sie unternehmen etwas. Gehen Sie zur Polizei, zum Staatsanwalt oder meinetwegen zur Regierung. Da fällt mir ein, ich kenne eine Ministerin, vielleicht kann die ja einen Ratschlag geben.«

»Ich kenne auch eine Ministerin«, sagte Antek, »sie kauft immer meine Unterwäsche.«

»Sie sind ein hoffnungsloser Fall, Antek. Ich kann nur raten, fahrt da hin, amüsiert euch, und wenn ihr der Meinung seid, dass Sibylle sich durch die Gegend mordet, dann geht zur Polizei.

Aber hört auf mit diesem Gezeter.«

»Na gut«, sagte Antek. »Dann gehe ich mal los und kaufe eine Ziege.«

»Was willst du mit einer Ziege?«, fragte Lilly.

»Manfred braucht einen Ziegenbock, der die Damen in seinem Stall beglückt. Äh, die Ziegendamen, meine ich. Es müssen ja nicht immer Blumen sein. Ein Ziegenbock als Mitbringsel ist doch mal was Besonderes.«

»Willst du mir etwa sagen, dass ich zusammen mit einem Ziegenbock in deinem Auto sitzen soll?«

»Nein, der müsste dann abends im Restaurant angeliefert werden. Ich werde das schon irgendwie arrangieren.«

»Na, da bin ich ja beruhigt.«

HANNOVER

Ferdinand junior war ziemlich mulmig zumute. Er hatte es tatsächlich getan. Er hatte fünfundsiebzigtausend Dollar Anzahlung dafür geleistet, dass man seinen alten Herrn ins Jenseits beförderte. Dieselbe Summe würde, wenn alles glattging, am Mittwoch fällig. Verglichen mit der Liquidierung anderer Personen, Milliardären, politisch einflussreichen Leuten, war der Preis hier eher bescheiden. Für seine Verhältnisse jedoch war das viel Geld. Seine Reserven waren dann auch erschöpft. Aber in Bezug auf das Erbe, das ihn erwartete, waren das natürlich Peanuts. Danach könnte er sich sein Leben endlich so einrichten, wie es ihm gefiel.

Wie war es zu diesem Mist gekommen? Als Finanzdirektor mit Prokura hatte er Zugriff auf alle Konten des Unternehmens. Das Gehalt, das ihm sein Vater zahlte, war lächerlich. Das Meiste von den albernen zehntausend Euro Gehalt fraßen Steuern,

Abgaben und Verbindlichkeiten. Es blieb nichts übrig. Er konnte sich nicht mal ein halbwegs anständiges Haus leisten. Es war ein Leichtes für ihn, ab und zu mal zuzugreifen. Dass sein alter Herr Leute hatte, die durch eine Revision alles ans Licht bringen würden, mit so viel Hinterfotzigkeit dem eigenen Sohn gegenüber konnte man einfach nicht rechnen. Mehr als eine Million Euro sollte er veruntreut haben. Der Vater ließ ihn antanzen wie einen reuigen Sünder, degradierte ihn zu einer Art Handlungsgehilfen, nahm ihm die Prokura und tauschte den teuren Firmenwagen gegen ein Mittelklassefahrzeug aus. Dann drohte er an, sein Testament zu ändern. Bis jetzt gab es eine Regelung, dass er sechzig Prozent des Erbes erhalten sollte und vierzig Prozent seine Schwester. Nun sprach er davon, dass seine Schwester die Mehrheit der Anteile haben sollte, und brachte auch wieder Manfred ins Spiel, der ja gar nicht sein leiblicher Sohn war. Zunächst nahm er das nicht allzu ernst. Der alte Mann musste durch seine Drohungen erst mal Dampf ablassen. Aber einige Zeit später fand er in dessen Terminkalender den Eintrag *Notar – Testament*. Da tönten die Alarmglocken bei ihm. Dann fand er in seinem Schreibtisch handschriftliche Notizen, denen zu entnehmen war, dass er auf ganze zwanzig Prozent herabgestuft werden sollte. Das ging eindeutig zu weit. Er hatte sein Leben nach diesem alten Kerl ausgerichtet. Zunächst die verhasste Zeit auf dem Internat, danach hatte er Wirtschaft studiert, und selbst dann musste er immer nach seiner Pfeife tanzen. Andere amüsierten sich, während er tagein, tagaus arbeitete und seinem Vater Rechenschaft abzulegen hatte über die Zahlen. Der alte Mann schlenderte durch die Büros und Produktionsstätten und wurde verehrt wie ein Heiliger. Bei Mitarbeiter-Jubiläen verteilte er großzügige Geschenke und hielt Reden. Er machte Geschäftsreisen rund um die Welt und nahm nicht etwa seinen Sohn und potenziellen Nachfolger mit, sondern den Produktmanager oder seine Schwester, die Marketingleiterin. Es reichte ihm total. Die Zeit für einen Wechsel war gekommen. Und wenn man ihm nicht gab, was ihm zustand, würde er es sich nehmen. Es war eine gute Fügung, dass er am Dienstag bei Manfred und Sibylle eingeladen war. Wenn er am Mittwoch wieder nach Hannover fuhr, wäre alles erledigt. Der Notar würde vergeblich auf seinen reichen Mandanten warten.

DUDERSTADT

Am Montag rief Sibylle bei Cesarine an. Sie erwischte sie in der Kanzlei. Allerdings machte die sonst so souveräne Frau heute einen niedergeschlagenen Eindruck auf sie.

»Was ist los?«, fragte Sibylle.

»Ken ist am Samstag nach New York geflogen. Er hat etwas Dringendes zu erledigen. Ich wiege mich aber in der Hoffnung, dass er bald zurückkommt. Es ist so schrecklich leer nach diesen aufregenden Tagen. Ich weiß im Moment gar nicht, wie es weitergehen soll. Ich verzehre mich nach diesem Kerl. Am liebsten würde ich alles hinschmeißen und ihm folgen. Aber ich habe mir gerade erst diese Kanzlei aufgebaut und wüsste gar nicht, ob ich in Amerika Fuß fassen kann.«

»Komm erst mal wieder zu Sinnen. Dann besuchst du ihn in New York und entscheidest in aller Ruhe.«

»Ich bin so ungeduldig. Einem Mann wie Ken werde ich im Leben nicht mehr begegnen.«

»Ja, er hat was. Vielleicht kann dich ja meine Gesellschaft inzwischen ein bisschen aufheitern. Wir laden für morgen Abend Gäste ein, um endlich unsere Wiederkehr nach Deutschland zu feiern. Manfred macht ein grandioses Essen. Es kommen nicht sehr viele Leute, weil wir hier ja kaum noch einen Freundeskreis haben. Ich würde mich riesig freuen, wenn du auch kommst.«

»Oh, wenn dein Mann kocht, werde ich mir das auf keinen Fall entgehen lassen. Essen ist gut für die geschundene Seele.«

Am Dienstagnachmittag holte Antek seine alte Lehrerin ab. Lilly hatte ihn gebeten, ruhig etwas früher zu kommen, um vielleicht noch einen Spaziergang auf dem herrlichen Wall zu machen, der die Altstadt von Duderstadt umgibt, oder vielleicht noch ein Eis in der Fußgängerzone zu essen. Im Auto sagte Lilly: »Ich glaube, ich bin dicker geworden. Mein Kleid spannt so.«

»Ach, Fräulein Höschen, das Kleid ist bestimmt eingelaufen. Oder mein Auto ist geschrumpft.«

»Das wird es sein.«

In Duderstadt parkte Antek seinen Wagen in der Nähe des Obertors. Dann schlenderte er mit Lilly über den mittelalterlichen Wall, der an beiden Seiten von teilweise uralten Bäumen gesäumt ist. Sie genossen die Aussicht – auf der einen Seite ins Grüne schauend und auf der anderen die Altstadt mit ihren Türmen. Sie unterhielten sich über ihre Gastgeber, bei denen sie später einkehren würden – Manfred und Sibylle.

»Übrigens«, sagte Antek, »Sibylle hat mir erzählt, dass Manfreds Stiefbruder heute auch kommt.«

»Na, da bin ich mal gespannt. Ich kenne niemanden aus seiner Familie.«

»Die sollen sich als Kinder nur gekloppt haben, und als Erwachsene hatten sie kaum Kontakt.«

»Vielleicht nähern sie sich ja nach all den Jahren an. Es ist einfach schade, wenn einem die Menschen im engsten familiären Umfeld nichts bedeuten. Sie sind schließlich so etwas wie Brüder, Stiefbrüder eben.«

»Kain und Abel waren auch Brüder.«

Nach einer Weile verließen sie den Wall und gingen in die Altstadt. Antek ging in eine Schlachterei, um sich eine Eichsfelder Stracke zu kaufen.

»Das ist die absolute Spezialität hier in der Gegend«, sagte er zu Lilly und hielt die Wurst hoch wie ein Beutestück.

»Das lass mal nicht Sibylles Schwester hören. Sie ist davon überzeugt, dass die Lautenthaler Stracke unschlagbar ist.«

»Ach, das behauptet jeder. Stracke aus Thüringen, Göttinger Stracke, jetzt auch noch Harzer Stracke. Das katholische Eichsfeld ist in dieser Beziehung spitzenmäßig. Wahrscheinlich wird sie mit Weihwasser beträufelt und ist deshalb so gut.«

Sie schlenderten durch die Fußgängerzone, die sich zwischen den beiden Kirchen erstreckte, Richtung Obertor. Lilly konnte sich hier nie sattsehen an den vielen Fachwerkhäusern. Als sie am Rathaus vorbeikamen, setzte gerade das Glockenspiel ein und sie wurden daran erinnert, dass es nun Zeit war, zu Sibylle und Manfred zu fahren.

Im Restaurant war die Tafel festlich gedeckt. Manfred hatte als Hauptgericht ein köstliches Lammkarree mit Kräuterkruste und vier Sorten geräuchertem Pfeffer vorbereitet. Insgesamt gab es fünf Gänge. Seine Mitarbeiterin Nora würde alles pünktlich zubereiten, und Enrico, seine beste Servicekraft, hatte auf seinen freien Tag verzichtet, um die Gäste zu bedienen, die gegen sieben Uhr eintreffen sollten. Bereits eine Stunde vorher saßen Alma Louise und ihr Liebhaber Johannes da, weil sie natürlich nichts versäumen wollten. Es wäre undenkbar gewesen, die beiden nicht einzuladen, obwohl Manfred diese schreckliche Tante am liebsten in den Ziegenstall gesperrt hätte. Sie hatte heute ein rotes Volantkleid aus den Fünfzigerjahren herausgekramt, in dem sie aussah wie eine zu drall gestopfte Blutwurst. Manfred hätte schreien können, beherrschte sich aber. Kurz danach traf Stiefbruder Ferdinand ein. Zuerst dachte Manfred, es handele sich um einen dunkelhäutigen Karibikbewohner. Er sah aus, als ob er zu lange auf der Sonnenbank gelegen hatte. Seine Lautstärke und sein extrovertiertes Benehmen erfüllten den ganzen Raum. Er schleppte einen großen Sack herein, bestand darauf, dass Manfred sich auf einen Stuhl in der Mitte des Restaurants setzte und kippte den Sack über ihm aus. Tausende von Karamellbonbons kullerten über den Boden.

»Ich hatte dir vor vielen Jahren mal versprochen, diese Bonbons zu geben. Stattdessen hast du mich in diese grässliche Karamellmasse geworfen.«

»Sehr lustig. Ich sehe, du bist noch derselbe alberne Kerl wie damals.«

Alma Louïse verzog das Gesicht und sagte zu Johannes: »Was kann man von Manfreds Verwandtschaft auch anderes erwarten. Das ist eine durch und durch gewöhnliche Familie.«

Johannes hingegen war ganz angetan und sagte auf Französisch: »Ah, des bonbons au caramel en quantité, très intéressant.«

Dann kam Sibylle auf ihn zu, um ihn zu begrüßen. Ferdinand machte ihr Komplimente über ihr Aussehen. Er hatte sie ja nur einmal gesehen, eben an jenem Abend, als sie zuerst einen Zug durch die Diskotheken Hannovers gemacht hatten, um anschließend in der Süßwarenfabrik zu landen, wo er das Karamellbad genommen hatte.

»Es ist gut, dass du so früh da bist. Ich muss dich unbedingt sprechen. Lass uns nach nebenan gehen.«

Ferdinand war etwas erstaunt über dieses Ansinnen. »Wir sehen uns dreißig Jahre nicht, und dann musst du mich so dringend sprechen? Da bin ich aber mal gespannt.«

Sie gingen in den Raum, der für separate Feiern gedacht war, und setzten sich an einen Tisch.

Sibylle lächelte ihn an und legte los: »Ferdinand, was ich dir jetzt sage, ist äußerst wichtig. Man könnte sogar sagen: Es ist lebenswichtig.«

»Es wird immer spannender. Sag, was ist los?«

»Ferdinand, du weißt vielleicht, dass ich in Amerika für die Polizei und dann für einen bedeutenden Sicherheitsdienst gearbeitet habe. Das tu ich heute übrigens auch noch. Und in dieser Position bekomme ich Dinge mit, die ein normaler Sterblicher nicht erfährt.«

»Aha, und was hat das mit mir zu tun?«

»Ich habe erfahren, dass es einen Mordauftrag gegen deinen Vater gibt.«

»Was? Das ist doch nicht möglich. Wie hast du das erfahren?«

»Meine Quellen werde ich nicht preisgeben. Ich weiß nur, dass es so ist. Und ich weiß auch, wer den Auftrag erteilt hat.«

Jetzt wurde Ferdinand weiß im Gesicht.

»Wenn du aus der Sache unbeschadet herauskommen willst, dann zieh den Auftrag zurück. Jetzt, sofort. Ansonsten kann dir keiner mehr helfen.«

Ferdinand rang um Worte. In seinem Kopf ging alles drunter und drüber.

»Aber ich verstehe das nicht. Wie kommst du auf solche Ideen? Woher weißt du... das ist doch Quatsch. Ich lasse doch nicht meinen Vater umbringen.«

»Ferdinand, es hat keinen Zweck. Ich bin Kriminalistin. Ich habe Möglichkeiten, an Informationen zu kommen, die du dir nicht vorstellen kannst. Entweder du tust jetzt, was ich gesagt habe oder es ist zu spät. Willst du den Rest deines Lebens hinter Gittern verbringen?«

Ferdinand stand auf, ging ein paar Schritte, setzte sich wieder, sah Sibylle hilflos an, stammelte etwas. Dann legte sie ihre Hand beruhigend um seine Schulter und sagte ganz sanft: »Ferdinand, ich meine es gut mit dir. Tu es. Jetzt sofort. Ruf an und sage, du willst den Auftrag stornieren. Wenn du wartest, ist es zu spät.«

Zehn Sekunden lang passierte gar nichts. Dann holte er hektisch sein Handy aus der Innentasche seines Jacketts, suchte die Nummer und wählte. Es wurde sofort abgenommen und er sagte auf Englisch: »Ich muss den Auftrag stornieren. Er darf auf keinen Fall ausgeführt werden.«

Am anderen Ende wurde gesagt: »Ich versuche es. Allerdings weiß ich nicht, ob es dafür schon zu spät ist. Der Betrag ist allerdings trotzdem fällig.«

»Das ist mir egal. Hauptsache, der Auftrag wird nicht ausgeführt.«

Sibylle lächelte ihn zuversichtlich an. Ein paar Sekunden später klingelte ihr Smartphone. Sie nahm das Gespräch an und hörte die Stimme von Ken: »Sibylle, hast du den Auftrag schon ausgeführt?«

»Nein, ich war gerade im Begriff...«

Er unterbrach sie: »Es hat sich erledigt. Du wirst den Auftrag nicht ausführen.«

»Oh. Gut, wenn du das sagst. Alles klar.« Ohne sich zu verabschieden, klickte sie den Beenden-Button auf dem Display.

Ganz ängstlich schaute Ferdinand sie an und fragte: »Meinst du, dass jetzt alles in Ordnung ist? Oder kommt da noch was?«

»Was soll noch kommen?«

»Ich meine, wer wusste denn noch davon?«

»Niemand außer dieser Agentur und mir. Dein Problem ist erledigt.«

»Hättest du mich denn verpfiffen?«

»Die Frage beantworte ich dir nicht. Und nun ist Schluss mit diesem Thema. Wir gehen jetzt wieder ins Restaurant und genießen den Abend. Ich glaube, dir würde jetzt etwas Hochprozentiges guttun.«

Gerade als sie wieder das Restaurant betraten, trafen Lilly und Antek ein. Alma Louise fragte Manfred: »Was wollen denn diese penetranten Leute schon wieder hier?«

»Wir haben sie eingeladen.«

»Aber sie hätten ja nicht zu kommen brauchen«, war ihre Antwort.

»Sie sind doch auch gekommen, obwohl das gar nicht nötig war.«

»Unerhört.«

Johannes hatte den Wortwechsel geflissentlich ignoriert und begrüße Lilly herzlich mit Handkuss: »Mademoiselle Lilly, welche Freude.«

Alma Louise sah ihn missbilligend an.

Kurz vor sieben trafen Amadeus, Manfreds Schwester Monika und Sibylles Schwester Ellen mit Mann ein. Es war ein ziemliches Gewusel in dem Restaurant. Amadeus und Antek, die sich noch nie besonders gut leiden konnten, saßen zusammen. Amadeus flüsterte Antek mit Blick auf Alma Louise in ihrem roten Volantkleid zu: »Was ist denn das für ein Auslaufmodell?«

»Meinst du das Kleid oder die Frau?«

»Beides.«

»Tja, die alte Alma Louise tut alles, um ihren Liebhaber bei der Stange zu halten. Trotzdem scheint er im Moment mehr Interesse an Lilly zu haben.«

Besagter Liebhaber unterhielt sich zum Missfallen von Alma Louise angeregt mit Lilly übers Reisen. Sie hatte gerade über ihren Australienaufenthalt berichtet, als Johannes fragte: »Wie kann man sich von einer Lehrerpension solche Reisen erlauben?«

Lilly, die reichlich genervt war, antwortete trocken: »Ich gehe auf den Strich.« Alma Louise bekam vor Entrüstung den Mund nicht zu. Johannes hingegen fragte interessiert weiter.

»Ach, und damit verdient man in Ihrem Alter noch so viel?«

Amadeus, der das mitbekommen hatte, fing derart an zu lachen, dass er sich verschluckte und Antek ihm auf den Rücken klopfte. Als er wieder bei Atem war, fragte Antek: »Hast du auch schon mal solche Dienste in Anspruch genommen, ich meine käufliche Liebe?«

»Ganz ehrlich? Wenn du mir versprichst, es nicht weiterzusagen...«

»Natürlich verspreche ich dir das – hoch und heilig.«

»Gut. Einmal. Ich war genau einmal in solch einem Etablissement. Da war ich gerade achtzehn und die Neugier auf diese Welt war unbeschreiblich.«

Antek erhob sich und rief in die Runde: »Alle mal herhören: Amadeus war im Puff.«

»Du hast mir was versprochen«, giftete Amadeus.

»Ja, aber ich habe nicht gesagt, dass ich mich daran halte.«

Die Sache ging im allgemeinen Gelächter unter und Amadeus sagte: »Du bist und bleibst ein Arsch.«

In diesem Moment öffnete sich die Tür und Cesarine Zicke-Sandelholz betrat den Raum, in ihrem Windschatten war Ken. Alle Blicke richteten sich nun auf die Neuankömmlinge. Die meisten hatten Cesarine noch nie gesehen und waren beeindruckt von ihrer imposanten Erscheinung. Ihre Körpergröße wurde noch betont durch ihre Frisur. Ihren langen blonden Zopf hatte sie heute mal wieder zu einer Art Adlerhorst drapiert. Sie trug eine schwarze Hose und dazu ein halblanges weiß-goldenes Schleiergewand. Über Cesarines Ankunft hatte sich Sibylle im ersten Moment gefreut, bis sie wahrnahm, dass Ken dabei war. Was wollte der schon wieder hier? Er war doch erst am Samstag nach New York geflogen.

Ausgerechnet neben Lilly waren noch zwei Plätze frei. Die beiden Frauen hatten im letzten Jahr größere Auseinandersetzungen gehabt, als Cesarine noch Oberstaatsanwältin gewesen war. Man hatte sich mehrfach auf eher unfeine Art gepiesackt, und Lilly hatte den Liebesakt Cesarines mit ihrem damaligen Lover vom Balkon eines Hotelzimmers auf Video aufgenommen – das Ganze zur Musik von Wagners Walküre. Aber heute war Cesarine gut gelaunt und lächelte Lilly freundlich an.

»Guten Abend, Frau Oberstaatsanwältin«, sagte Lilly.

»Guten Abend. Allerdings bin ich keine Oberstaatsanwältin mehr. Darf ich Ihnen meinen Freund Ken vorstellen?«

»Angenehm.«

Ken reichte Lilly die Hand. Als sie sich gesetzt hatten, sagte Cesarine freundlich lächelnd: »Wenn ich Sie sehe, könnte ich Sie würgen.«

»Da befinden Sie sich in guter Gesellschaft. Aber bitte hinten anstellen. Andere haben diesen Wunsch schon vor Ihnen geäußert.«

»Darf ich erfahren, in welcher Beziehung Sie zu Sibylle und ihrem Mann stehen?«

»Sie waren meine Schüler.«

»Oh, wie erstaunlich, dass sie das offenbar halbwegs unbeschadet überlebt haben.«

»Wer mich als Lehrerin überstanden hat, geht gestärkt durchs Leben.«

»Das denke ich mir. Offenbar gibt es eine ganze Menge Leute, die Ihnen trotz Ihrer Eskapaden wohlgesonnen sind. Was mich mal interessieren würde: In welcher Beziehung stehen Sie eigentlich zu diesem Kommissar, der damals die Untersuchung in den Mordfällen geleitet hat? Wie hieß er noch gleich? Schneider.«

»Er ist mir sexuell hörig«, war Lillys spontane Antwort, und Cesarine fing laut an zu lachen. Dann wurde das Essen serviert.

* * *

Zwischen den Gängen erhoben sich Sibylle und Ken, um sich zu unterhalten.

»Ken, ich dache, du bist nach New York geflogen.«

»Ja, am Samstag. Aber heute bin ich wiedergekommen. Ich habe nur schnell etwas Wichtiges erledigt, aber ich konnte es nicht aushalten ohne Cesarine. Aber sag mal, die Sache mit dem stornierten Auftrag – hattest du da deine Finger im Spiel?«

»Natürlich. Ich wollte Manfreds Stiefbruder davor bewahren, die Dummheit seines Lebens zu begehen.«

»Was fällt dir ein? Das ist nicht unsere Aufgabe. Du bringst unser ganzes Unternehmen in Gefahr. Ist dieser Ferdinand eigentlich hier anwesend?«

»Ja, da drüben, der braun gebrannte Mann.«

»Ich werde mich nachher mit ihm unterhalten. Wenn du ihn gezwungen hast, den Auftrag zu stornieren, dann gnade dir Gott.«

»Willst du mich umbringen?«

»Das wäre die normale Konsequenz. Aber jetzt Schluss mit diesem Thema. Ich will uns nicht den Abend verderben.«

Zwischendurch bat Amadeus den Ober, seinen beiden Security-Leuten draußen etwas zu essen zu bringen, was er sofort tat.

Während Ken sich mit Sibylle unterhielt, fragte Cesarine das alte Fräulein neben sich: »Wie haben Sie es damals eigentlich geschafft, diese Videoaufnahme in meinem Zimmer zu machen?«

»Ich bin über den Balkon geklettert und habe durch Ihr Fenster gefilmt. Aber es ist ja nur solch ein Minifilmchen mit dem Smartphone, allerdings durchaus detailreich. Und dazu Wagners Walküre.« Jetzt fing sie auch noch an zu summen: »*Tata, tatatataata, tatatataata, tatatataaaa.*«

»Ich könnte Sie …«

»Das sagten Sie schon.«

»Ich nehme an, Sie haben diesen Film mittlerweile gelöscht?«

»Aber nein, ich habe ihn aufgehoben für den Fall, dass Sie mir mal wieder an den Kragen gehen wollen. Zur Not würde ich Sie glatt damit erpressen.«

»Ist Ihnen nicht bewusst, dass Sie sich damit strafbar gemacht haben?«

»Natürlich ist mir das bewusst. Das hat mir damals schon mein Juristengroßneffe Amadeus gesagt. Aber wen interessiert's?«

»Mich zum Beispiel. Ich könnte Sie strafrechtlich belangen und auf Schmerzensgeld klagen.«

»Tun Sie es doch. Allerdings, so ohne Beweismittel wird das schwierig. Und selbst wenn ich den Film ins Internet stelle – die Strafe sitze ich auf einer Backe ab und das Schmerzensgeld zahle ich aus der Portokasse.«

»Sie sind eine durchtriebene alte Schrapnelle.«

»Ich weiß.«

Cesarine fand allmählich Gefallen an dieser Frau. Vor Gericht hätte sie Lilly Höschen in der Luft zerrissen, obwohl sich bei dem Gedanken daran allerdings einige Zweifel regten, was sie sich aber nicht anmerken ließ. Aber angesichts ihrer guten Laune, weil Ken wiedergekommen war, amüsierte sie sich gerade über die Durchtriebenheit der alten Dame. Natürlich erkannte sie gewisse Parallelen zu sich selbst. Dann wurde der nächste Gang serviert. Ken und Sibylle kamen zurück an den Tisch.

Nach dem Dessert bat Ken Manfreds Stiefbruder Ferdinand um ein Gespräch. Dieser war hoch erstaunt, dass es sich bei Ken um den Mann handelte, dem er den Auftrag zur Beseitigung seines Vaters gegeben hatte und sagte: »Ihr Geld bekommen Sie trotzdem.«

»Das ist selbstverständlich. Aber ich will nur von Ihnen wissen, ob Sibylle Sie gedrängt hat, den Auftrag zurückzuziehen.«

»Ja, das hat sie, und ich würde gern wissen, wie sie Wind davon bekommen hat. Haben Sie ihr das etwa gesagt?«

»Nein. Ich kann Ihnen dazu auch weiter keine Informationen geben. Der Fall ist erledigt.«

Kens Laune hatte einen Tiefpunkt erreicht. Am liebsten hätte er Sibylle jetzt sofort zur Rechenschaft gezogen. Sie hatte einen Kunden bedrängt, seinen Auftrag zu stornieren. Das war nicht nur geschäftsschädigend, sondern auch gefährlich. Was sollte dieser Ferdinand jetzt denken?

Inzwischen war die Stimmung im Restaurant sehr ausgelassen. Manfred unterhielt sich lautstark mit seiner Schwägerin Ellen über die industrielle Billigkonkurrenz auf dem Wurstmarkt, wobei sie fast brüllte: »Unnere Woschd is streng vegan. Die Viecher, die mir schlachten, fressen nur Grienzeuch.«

Antek erkundigte sich bei Amadeus nach Frau und Kind.

»Marie ist mit unserer Tochter und ihren Eltern verreist. Es gab ja wieder einen Hinweis, dass ich in Gefahr bin. Da hab ich die Familie erst mal aus der Schusslinie genommen, damit Marie sich nicht aufregt. Sie ist nämlich wieder schwanger.«

»Von wem?«, fragte Antek.

»Dass dich noch niemand erschlagen hat, ist ein Wunder«,

sagte Amadeus, der sich wohl nie an diese Art von Humor gewöhnen würde.

Cesarine saß jetzt mit Sibylle zusammen. »Ich weiß ja nicht, ob du diesen Gewerbeaufsichtsmenschen tatsächlich umgebracht hast. Und ich werde dich das auch nicht fragen. Gesetzt den Fall, du hast es getan, dann hast du jedenfalls in vorbildlicher Weise für die Beseitigung aller Spuren gesorgt«, sagte Cesarine. »Jedenfalls verfolgt die Mordkommission inzwischen andere Spuren.«

»Ich bin nun mal Kriminalistin. Aber anderes Thema: Was ist nun eigentlich mit dir und Ken? Kaum ist er ein paar Stunden in New York, fliegt er schon wieder zurück zu dir. Habt ihr irgendwelche Pläne?«

»Wir hatten noch keine Zeit, Pläne zu machen. Er ist da, das ist die Hauptsache. Vielleicht nehme ich mir einen Teilhaber für die Kanzlei und gehe erst mal eine Zeit lang nach Amerika. Und dann sieht man weiter. Ich kann einfach nicht von ihm lassen. Das ist mir noch nie passiert.«

Dann gesellte sich Ken zu ihnen und sie setzten das Gespräch auf Englisch fort.

»Was hast du für Pläne, Ken?«, fragte Sibylle.

»Ich habe keine Pläne. Ich bin jetzt hier und das reicht mir. Alles andere wird sich finden.«

»Du bist verliebt.«

»Wie kommst du darauf, Sibylle?«

»Weil du dich wie ein Idiot benimmst.«

»Danke für das Kompliment. Aber ich habe alles im Griff. Auch unsere Zusammenarbeit.«

»Was ist das eigentlich für eine Kooperation, die euch verbindet?«, wollte Cesarine wissen.

»Das erkläre ich dir später einmal«, war Kens knappe Antwort.

Lilly, die es nicht mehr in der Gesellschaft von Alma Louise und ihrem ziemlich plemmerigen Johannes aushielt, setzte sich zu Manfreds Schwester Monika, um sie über die Familienverhältnisse auszufragen.

Dann öffnete sich die Tür und zwei Männer betraten den Raum. Ein älterer Herr, gefolgt von einem Mann in den Fünfzigern. Manfred erkannte ihn zwar nach diesen vielen Jahren nicht, wusste aber instinktiv, wer der ältere Herr war: Ferdinand Lindemann senior.

Manfred war so perplex, dass er aufstand und wortlos auf seinen früheren Stiefvater zuging. Dieser reichte ihm beide Hände, und Manfred ergriff sie. Mit belegter Stimme sagte Ferdinand senior: »Ich habe kurz entschlossen umdisponiert. Ich war von deinem Anruf so ergriffen, dass ich einfach kommen musste. Darf ich vorstellen,« jetzt zeigte er auf seinen Begleiter, »das ist Herr Dr. Gleusser, mein Notar.« Sie schüttelten sich die Hände. Inzwischen waren auch Monika und Ferdinand junior dazugekommen, um den Vater zu begrüßen.

»Schade, dass ihr so spät kommt. Das Essen ist bereits vorbei, aber ich werde Nora bitten, dass sie euch noch etwas zubereitet«, sagte Manfred.

»Das ist nicht nötig,« wiegelte der alte Mann ab.

»Doch, das ist nötig. Wenn wir uns nach so vielen Jahren wiedersehen, lass ich dich nicht hungern.«

Es war völlig still geworden in dem Restaurant. Alle schauten auf die neuen Gäste. Manfred drehte sich um und sagte laut: »Darf ich vorstellen, das ist Ferdinand Lindemann.«

Ferdinand senior lächelte kurz in den Raum hinein und machte eine joviale Handbewegung zur Begrüßung. Ellen flüsterte ihrem Mann zu: »Das is der Boltchenfritze aus Hannover.«

»Hast du ein ruhiges Eckchen, wo wir uns zusammensetzen können, Manfred?«, fragte Ferdinand. »Es geht mir darum, dass ich dich, Monika und Ferdinand zusammen mit Herrn Dr. Gleusser über etwas informiere.«

Manfred führte das kleine Grüppchen in den separaten Raum. Enrico, der Ober, fragte, was er bringen solle und beeilte sich, die Leute mit Getränken zu versorgen. Als er den Raum wieder verlassen hatte, setzte Ferdinand senior zu einer kleinen Rede an: »Monika, Ferdinand, Manfred, Herr Dr. Gleusser«, dabei schaute er jeden Einzelnen höflich an, »dass ich kein guter Vater war, ebenso wie ich nie ein guter Ehemann gewesen bin, ist bekannt. Daher dürfen auch meine Erwartungen an die Kinder nicht all zu hoch sein. Trotzdem muss ich mein Erbe ordnen und alles so hinterlassen, dass das Unternehmen passabel weitergeführt werden kann. Schließlich denke ich dabei auch an die Mitarbeiter, denen wir eine große Verantwortung gegenüber haben. Es ist nicht selbstverständlich, dass eine Familie über Generationen immer wieder Führungspersönlichkeiten hervorbringt. Wenn es in meiner Familie in der Generation nach mir eine solche Persönlichkeit gibt, dann bist du das, Monika.« Er schaute seine Tochter an.

»Ferdinand, du hast dich nicht zu einem Unternehmer entwickelt. Daraus darf ich dir keinen Vorwurf machen. Und Manfred, dich habe ich leider sehr lange vernachlässigt, und das alles nur aus einem nichtigen, geradezu albernen Grund. Ich sage nur Karamellbonbons.« Nun mussten alle unwillkürlich schmunzeln. »Trotzdem möchte ich, dass jeder entsprechend seiner Begabung berücksichtigt wird. Ich habe vorhin in Anwesenheit von Herrn Dr. Gleusser ein neues Testament gemacht, das ab sofort gültig ist. Eigentlich wollte ich es erst morgen verfassen. Aber dann drängte es mich doch, hierher zu fahren, wo meine drei Erben nach langer Zeit wieder zusammen sind. Zum Glück hatte Herr Dr. Gleusser Zeit, zu mir in die Firma zu kommen und mich sogar hierher zu fahren.«

Jetzt holte er einen Briefumschlag aus seinem Jackett und legte ihn vor sich auf den Tisch. »Ich will euch sagen, was darin steht. Achtzig Prozent der Firmenanteile bekommst du, Monika. Bei dir weiß ich das Unternehmen in guten Händen. Unabhängig von dem Testament werde ich dich nächste Woche zur Geschäftsführerin bestellen, damit ich mich allmählich zurückziehen kann.«

Jetzt schaute er seinen Sohn Ferdinand an: »Ferdinand, du hast andere Talente. Dir eine Firma anzuvertrauen, wäre ungefähr so, als würde man einen Hund damit beauftragen, auf einen Metzgerladen aufzupassen. Daher habe ich mich entschlossen, dir nur einen Anteil von 10% zu vermachen. Aber du sollst den Großteil meines Privatvermögens bekommen, das ja auch nicht gerade unbeträchtlich ist. Das kannst du dann in aller Ruhe verjubeln.«

Leises Gelächter. Ferdinand junior grinste wie ein Honigkuchenpferd. Dann schaute der alte Mann seinen Stiefsohn an: »Manfred, die Tatsache, dass wir lange keinen Kontakt mehr hatten, bedeutet nicht, dass ich nichts über dich wüsste. Deine Schwester Monika hat mich immer auf dem Laufenden gehalten, und ich habe mit Respekt zur Kenntnis genommen, dass du deinen Weg gegangen bist. Du hast dein Studium selbst finanziert, eine Familie ernährt und dich mit diesem Restaurant selbstständig gemacht. Das ist eine beachtliche Leistung und zeugt von Verantwortungsgefühl. Auch wenn du nicht mein leiblicher Sohn bist und ich von deiner Mutter geschieden war, empfinde ich etwas für dich. Auch aus Respekt deiner Mutter gegenüber habe ich in meinem Testament verfügt, dass du einen Anteil von zehn Prozent an dem Unternehmen haben sollst. Ob es euch nun passt oder nicht, das ist mein letzter Wille. So, und nun habe ich doch Hunger gekriegt.«

BROOKLYN, NEW YORK (ZWEI TAGE ZUVOR)

Bernard Timmons war ein unscheinbarer Mann, der nur ganz wenige Menschen an sich heranließ. Sein Privatleben schottete er gänzlich ab. Er wurde morgens von seinem Chauffeur in die Firma in Vinegar Hill in Brooklyn gefahren, wo er acht bis zehn Stunden konzentriert arbeitete. Er ließ sich von seinen drei Vizepräsidenten, einer davon war Ken, genau über alles informieren. Für prekäre Angelegenheiten hatte er ein separates Netzwerk einrichten lassen, das aus vier Computern bestand, die keinen Zugang zum Internet hatten. Seine drei »Stützen«, wie er seine wichtigsten Mitarbeiter nannte, unterrichteten ihn auf diesem Weg über alles, was er wissen wollte. Und das war eine Menge. Darüber hinaus gab es Vorgänge, die ihm nur mündlich zugetragen werden durften. Diese Informationen speicherte er in seinem Kopf. Timmons, der das Unternehmen aufgebaut und zum US-Marktführer gemacht hatte, gingen diese Vorsichtsmaßnahmen jedoch nicht weit genug. Er gab sich nur mit der absoluten Kontrolle zufrieden. Wenn er jemandem vertrauen konnte, dann nur sich selbst. Man konnte ihn schon als krankhaft misstrauisch bezeichnen. Um sicherzugehen, dass auch wirklich kein Detail vor ihm verborgen blieb und man ihm alle relevanten Informationen gab, hatte Timmons es sich angewöhnt, regelmäßig die Computer seiner Vizepräsidenten und anderer wichtiger Entscheidungsträger zu durchforsten.

Seit einigen Tagen machte er sich Sorgen um Ken. Er schien die Sache mit Sibylle nicht im Griff zu haben. Als sie in New York war, wollte er sie bereits liquidieren. Das hatte er vermasselt. Wieder in Deutschland, kam von ihr ein Erpressungsversuch. Sie hätte Informationen sichergestellt, die im Falle ihres Todes an die Behörden gegeben werden sollten. Das war wahrscheinlich ein Fake. Woher sollte diese Frau prekäre Informationen haben, die auf Timmons & Duke hinwiesen? Wenn überhaupt E-Mailverkehr stattfand, dann unter anderen Namen von anderen Servern, die sich sonst wo in der Welt befanden. Dann flog Ken nach Deutschland, um die Sache endlich zu regeln. Stattdessen kam er ein paar Tage später unverrichteter Dinge wieder nach New York, um ihm mitzuteilen, dass die Geschichte sich schon noch regeln würde. Außerdem benahm er sich wie ein Vollidiot, er hätte sich unsagbar verliebt und müsste dringend zurück nach Deutschland. Es war schwer zu begreifen, was in so kurzer Zeit aus diesem einst spitzenmäßigen Mann geworden war. Ein Mann in mittleren Jahren, der sich nicht mehr nach seinem Verstand richtete, sondern nach den Hormonen, war brandgefährlich. Er könnte das ganze Unternehmen zum Wanken bringen. Man konnte ihn nicht so weitermachen lassen. Er musste weg, ebenso wie diese Sibylle und der *Kandidat* Lindemann senior und dessen Auftraggeber, Lindemann junior. Und es musste schnell geschehen, ehe sich Ken wieder etwas Neues einfallen ließe und ein noch größeres Tohuwabohu anstellte. Allerdings war es nicht möglich, in so kurzer Zeit seriöse Mitarbeiter für diesen Job zu bekommen. Man musste diesmal ausnahmsweise auf die ost- oder südosteuropäische Konkurrenz zurückgreifen. Die machten für Geld alles. Wichtig war nur, dass man keine Verbindung zu Timmons & Duke herstellen konnte. Außerdem waren die osteuropäischen Kollegen vergleichsweise plump. Die Ermittler fanden fast immer heraus, dass sie ihre Hand im Spiel hatten, wenn man sie auch selten zu fassen bekam. Eine Verbindung nach New York würde es nicht geben. Bernard Timmons griff zum Telefonhörer und beorderte seinen Mann für besondere Fälle zu sich.

HANNOVER UND DUDERSTADT

Der Auftrag, an einem Tag vier wichtige Leute aus dem Weg zu räumen, stellte selbst für Igor eine gewisse Herausforderung dar. Und das Ganze ohne große Vorbereitung. Am Samstagabend hatte man ihn mit diesem *Job* betraut, und in der Nacht zu Mittwoch musste alles erledigt sein. Da war kaum Zeit, die

Lebensgewohnheiten der Zielpersonen zu studieren. Auf diesen Amerikaner namens Ken Bierman und Sibylle setzte er zwei Leute an. Mit etwas Glück würde man beide zusammen antreffen und der Fall wäre erledigt. Schwieriger wäre es, falls man diesen Ken erst suchen müsste. Dann könnte man nur über Sibylle gehen und sie nach seinem Aufenthaltsort befragen oder sie als Lockvogel einsetzen – und dann zack. Aber das war ein lösbares Problem. Prekärer war es mit diesen beiden Ferdinands. Laut den Informationen, die man Igor gab, bewohnte der Alte eine große Villa mit viel Personal. Morgens ließ er sich in die Firma fahren und abends wieder zurück. Nachts war er allein. Das wäre der beste Zeitpunkt. Seinen Sohn würde man zur selben Zeit erledigen. Allerdings waren hier die Bedingungen für einen Zugriff etwas leichter, denn er war alleinstehend und bewohnte ein kleines Haus.

Nachdem alle Bediensteten die Villa von Lindemann senior verlassen hatten, zuletzt die Haushälterin, die kurz nach achtzehn Uhr ging, entstieg dem Auto, das vor dem Grundstück stand, ein ganz in schwarz gekleideter Mann. In dieser vornehmen Gegend standen die Häuser so weit auseinander und auf so großzügigen Parzellen, dass kaum Gefahr bestand, gesehen zu werden. Er hechtete über die Mauer und machte es sich in einem riesigen Rhododendronstrauch gegenüber der Haustür gemütlich. Gestern wurde der alte Herr gegen halb acht von seinem Chauffeur dort abgesetzt. Nach einer halben Stunde hatte er sich umgezogen und schlenderte dann durch den Garten, um auf einer Bank Zeitung zu lesen. Alte Menschen waren Gewohnheitstiere. Bestimmt würde es heute genauso laufen. Dann könnte er ganz gemütlich auf den Mann zugehen, ihn freundlich begrüßen und sich mit einem Schuss aus nächster Nähe auch gleich wieder verabschieden. Das wäre eine einfache Übung. Aber er kam nicht. Mittlerweile war es neun Uhr vorbei.

Vor dem Haus von Ferdinand Lindemann junior saß ebenfalls ein Mann in Schwarz und wartete. Wenn er nach Hause käme, gestern war dies so gegen sechs Uhr der Fall gewesen, würde er einfach zur Haustür gehen und klingeln. Falls er über die Sprechanlage mit Kamera gefragt würde, wer da sei, könnte er eine Dienstmarke hinhalten und sagen, er wäre von der Polizei. Das zog immer. Im Haus würde er sich dann einen Platz anbieten lassen, die Pistole mit Schalldämpfer zücken, und dann gute Nacht. Aber mittlerweile war es neun Uhr durch, und der Kerl war immer noch nicht da. Egal, irgendwann würde er schon kommen.

Damir und Viktor hatten herausgefunden, dass Dienstag Ruhetag in dem Restaurant war. Das traf sich gut. Sie würden also abends Sibylle aufsuchen und sie nach Ken fragen. Wenn sie Glück hatten, wäre er ja sogar bei ihr. Dann könnten sie gleich beide beseitigen … und, falls es sich nicht vermeiden ließe, ebenfalls den Ehemann – oder wer immer das Pech hatte, dort zu sein. Das Problem war, dass heute trotz des Ruhetages alle möglichen Fahrzeuge vor dem Haus standen und das Restaurant hell erleuchtet war. Durch das Fenster erkannten sie Ken und Sibylle, von denen man ihnen Fotos überlassen hatte. Aber wer waren die ganzen anderen Leute? Wenn es hart auf hart käme, könnte man diese allesamt erledigen. Allerdings hatten sie sich, zumindest heute nicht, auf eine solch große Nummer eingestellt. Die beiden hatten nur einfache Pistolen dabei, keine automatischen Waffen, mit denen man üblicherweise eine größere Gesellschaft abservierte. Jetzt kamen aus einem parkenden Auto auch noch zwei Typen auf sie zu. Eindeutig Security-Leute. Was war denn hier los? Dass man mit so was rechnen musste, war ihnen nicht gesagt worden. Damir zwinkerte Viktor zu, und in Sekundenschnelle hatten sie ihre Waffen gezückt. Mit solchen lahmen Enten hatten sie keine Probleme. Jeder hielt einem der beiden Leibwächter eine Pistole an den Kopf und bemächtigte sich seiner Waffe. Diese Typen auch noch zu liquidieren, war zu viel des Guten. Also bugsierten sie sie in den Kofferraum ihres eigenen Wagens. Das war zwar etwas eng, aber besser als tot. Dann entschlossen sie sich, ihre Sturmmasken aufzusetzen, ins Restaurant zu gehen, sich Sibylle und Ken herauszupicken, *peng peng*, und dann weg.

Duderstadt und Harz

Als Manfred mit den beiden Ferdinands, Monika und Herrn Dr. Gleusser zurück ins Restaurant kam, hatte Enrico bereits einen separaten Tisch für Ferdinand senior und den Notar gedeckt. Nora hatte in der Küche etwas zubereitet, was der Ober nun servierte. In diesem Moment öffnete sich die Tür, und es stürmten zwei maskierte Männer mit gezückten Waffen herein. Der eine ging ans andere Ende des Raumes, der andere blieb in der Nähe der Tür stehen. Es war eine unwirkliche Situation.

Alma Louise brüllte: »Wir werden überfallen. Und diese verdammten Bullen haben mir meine Pistole weggenommen.«

Cesarine stand auf, stemmte ihre Arme in die Seiten und rief: »Sind Sie wahnsinnig? Waffen runter! Ich reiße euch den Arsch auf bis zum Stehkragen.«

Dann brüllte der Maskierte, der an der Tür stand: »Sibylle und Ken! Hierher!«

Bauer Heinrichs hatte zugesagt, den von Antek erstandenen Ziegenbock etwa um 21.00 zu liefern. Er sollte ihn einfach kommentarlos in das Restaurant bringen, damit alle Gäste ihre Freude daran hatten. Das war typisch für Antek. Es handelte sich wirklich um einen kapitalen Bock. Nicht gerade billig, aber nach Aussage des Bauern ein äußerst leistungsfähiges Tier, an dem Manfred und seine Ziegen ihre Freude haben würden. Das mit der Leistungsfähigkeit war wirklich nicht übertrieben. Bauer Heinrichs war dennoch froh, das Viech endlich loszuwerden. Was er Antek beim Kauf verschwieg, war, dass das Tier kurz vor der Schlachtung gestanden hatte, nachdem es seinem Besitzer mehrmals die Hörner in den Unterleib gerammt hatte. Es konnte einfach keine männlichen Wesen ausstehen, und dabei machte es keinen Unterschied, ob es sich um einen Artgenossen oder einen Menschen handelte. Sollte doch der neue Besitzer mit dem Bock tun, was er wollte. Er war das Problem los. Also parkte er das Auto mit dem Anhänger an der Straße, zog das Tier hinter sich her bis zum Restaurant, öffnete die Tür und schob es hinein. Dann ging er eiligen Schrittes zu seinem Fahrzeug, atmete einmal tief durch und brauste davon.

Ken stockte das Blut. Ihm war völlig klar, was das zu bedeuten hatte. Sibylle zog die Stirn kraus und sah Ken an. Dann öffnete sich kurz die Tür und herein kam ein ziemlich groß geratener Ziegenbock. Damir, der näher an der Eingangstür stand, drehte sich um und erhielt einen schmerzhaften Stoß in die Weichteile. Er verlor das Gleichgewicht, kippte rückwärts um und krümmte sich vor Schmerzen. Die Pistole flog zwei Meter weit weg von ihm direkt vor die Füße von Lilly. Viktor, der zweite Maskierte, versuchte vom anderen Ende des Raumes aus, die Gesellschaft in Schach zu halten. Nervös bewegte er mit ausgestreckten Armen seine Pistole hin und her. Lilly bückte sich und griff sich die Waffe, richtete sie auf den stehenden Eindringling und sagte: »Legen Sie die Pistole weg. Sie haben keine Chance.«

Der Ziegenbock untermalte ihre Aussage mit einem lauten *Mäh*, ging zu dem für Ferdinand und den Notar gedeckten Tisch, stellte sich auf die Hinterbeine und probierte den Salat. Der niedergestreckte Maskierte hatte sich zwischenzeitlich wieder berappelt und ging nun auf Lilly zu, um sich seine Pistole wiederzuholen. Lilly gab einen Schuss ab, der einige Zentimeter am Kopf des Übeltäters vorbeiging und in der Tür einschlug. Abrupt blieb der Mann stehen.

»Die nächste Kugel trifft.«

Jetzt erhob sich der alte Johannes und sagte: »Aber meine Herren, verderben Sie uns doch nicht den Abend. Trinken Sie lieber ein Glas von diesem herrlichen Wein.«

Der Ziegenbock machte *mäh* und räumte den Tisch ab, indem er die Tischdecke herunterzog.

Nun ging Viktor, der weiterhin seine Waffe auf die Anwesenden richtete, langsam auf die Tafel zu, an der nur noch Alma Louise, Johannes und Monika saßen. Beinahe wie in Zeitlupe legte er seinen linken Arm um Monikas Hals und zog sie hoch, während er die Pistole an ihren Kopf hielt.

»Eine falsche Bewegung, und die Frau ist tot«, sagte er. Den Leuten stockte der Atem. Der alte Ferdinand machte einen Schritt auf seine Tochter zu, wurde aber von Manfred zurückgehalten. Ganz langsam bewegte sich der Mann rückwärts Richtung Tür, Monika weiterhin im Würgegriff haltend. Damir öffnete sie, und dann ging alles ganz schnell. Draußen rannten die beiden Männer und zogen Monika mit sich, die Schwierigkeiten hatte, das Tempo mitzuhalten. Sie war vor Schreck wie gelähmt und lief wie in Trance. Das Auto wurde geöffnet, Monika hineinbugsiert, neben ihr der Mann mit der Pistole. Der andere startete den Wagen und fuhr los. Jetzt rannten alle aus dem Restaurant auf den Hof.

Aus Amadeus' Auto waren Schreie zu hören. Er öffnete den Kofferraum. Die beiden Leibwächter hatten Mühe, herauszukriechen. Währenddessen hatte Antek seinen Wagen gestartet, Lilly setzte sich auf den Beifahrersitz und Ken stieg hinten ein. Dann brausten sie los. An der ersten Abbiegung sahen sie die Rücklichter des Entführerautos. Ken ließ sich von Lilly die Pistole geben.

»Wir dürfen sie auf keinen Fall verlieren«, sagte sie.

»Das werden wir nicht«, war Anteks Antwort.

Auf dem Hof des Restaurants brüllte Amadeus nun seine beiden Securityleute an, die sich offenbar schämten, dass sie versagt hatten. Sie sahen aus wie begossene Pudel und weigerten sich zunächst, dem Entführerauto zu folgen, weil sie für Amadeus' Sicherheit zuständig waren. Schließlich sprang einer der beiden hinters Steuer, der andere setze sich auf den Beifahrersitz und Amadeus auf die Rückbank. »Los jetzt!«, schrie er. Die Reifen drehten durch, Sekunden später war der Wagen vom Hof des Anwesens verschwunden. Natürlich hatte Amadeus Angst um seine Großtante.

Cesarine sah inzwischen aus wie eine Furie. Ihr langer Zopf hatte sich gelöst und baumelte herunter. Aber sie war die Erste, die richtig schaltete. Sie rief die Polizei an und machte knappe, präzise Angaben über das, was passiert war. Als Rückfragen kamen, reagierte sie sachlich, aber barsch. Nach wenigen Minuten war die Polizei da.

Es war zwar kaum Verkehr, aber sie hielten sich an die Geschwindigkeitsbegrenzung, um nicht aufzufallen. Das Entführerauto fuhr aus Duderstadt heraus Richtung Herzberg. Man entschied sich für die Serpentinenstrecke, die schon viele unterschätzt hatten, durchquerte Hilkerode, Rhumspringe und Pöhlde. In Herzberg fuhren sie auf die Schnellstraße, die sie bei der Ausfahrt Osterode verließen. Offenbar hatten sie noch nicht gemerkt, dass sie von Anteks und Amadeus' Autos verfolgt wurden. Nach dem Butterbergtunnel, der heute ausnahmsweise mal nicht gesperrt war, holte Lilly ihr Smartphone heraus und rief Amadeus an. Dass der im Wagen direkt hinter ihr saß, hatte sie noch gar nicht mitbekommen.

»Amadeus, was ist los?«

»Ich weiß auch nicht mehr als du, Tante Lilly. Ich befinde mich in dem Auto hinter dir und Antek.«

»Was? Das habe ich noch gar nicht mitgekriegt. Hast du die Polizei angerufen und ihnen mitgeteilt, wo wir jetzt sind?«

»Nein, daran habe ich in der Aufregung gar nicht gedacht. Ich rufe jetzt am besten bei Manfred an. Dort wird ja die Polizei sein. Dann informiere ich sie über den aktuellen Verlauf der Fahrt.«

»Tu das, dann brauch ich es nicht zu machen.«

»Ok, aber Tante Lilly, sei vorsichtig. Die Kerle sind bewaffnet. Verlass auf keinen Fall das Auto.«

»Oh, ich bin auch bewaffnet. Das heißt, im Moment hat Ken die Pistole.«

»Tante Lilly, bitte...«

»Schluss jetzt! Ruf die Polizei an.«

Dann brach sie das Gespräch ab. Nach ein paar Minuten waren sie in Clausthal-Zellerfeld. Die Verbrecher machten nicht den Eindruck, als hätten sie ein bestimmtes Ziel vor Augen. Wahrscheinlich besaßen sie keine Ortskenntnis. Vor der Marktkirche bogen sie links ab Richtung Wildemann. Hinter den Serpentinen stoppte das Auto, und Monika verließ den Wagen. Das dauerte nur zwei Sekunden. Als Anteks Auto den Wagen der Entführer fast erreicht hatte, fuhr es wieder los, und Monika stand auf der Straße. Ken öffnete die Tür und Monika stieg hinten ein, ganz erstaunt und erleichtert, die bekannten Gesichter zu sehen. Sofort fuhr Antek weiter. Amadeus hatte seinen Wagen überholt.

»Was macht der Bengel denn da? Überholt uns einfach und begibt sich in Gefahr.«, rief Lilly. Dann wandte sie sich an Monika: »Und wie geht es Ihnen? Das war bestimmt ein furchtbarer Schreck, als Geisel genommen zu werden.«

»Danke, ich bin so unendlich erleichtert. Ich kann gar nicht sagen, wie froh ich bin, bei Ihnen zu sein.«

Nun meldete sich Antek zu Wort: »Wo bleibt denn die Polizei? Ich hatte mit Straßensperren gerechnet.«

»Na, so schnell geht es nun auch nicht. Ich rufe mal Kommissar Schneider an. Wir sind ja jetzt in seinem Hoheitsgebiet.«

In Duderstadt war inzwischen Hauptkommissar Kusch in Manfreds Restaurant aufgekreuzt. Da er sowieso gerade in Göttingen war, um sich mit dem Fall des ermordeten Gewerbeaufsichtsmenschen zu befassen, hatte man ihn gleich kontaktiert, da es hier um bewaffneten Überfall und Geiselnahme ging. Als LKA-Beamter zog er ob der Schwere des Verbrechens sofort die Ermittlungen an sich. Zutiefst verwundert war er allerdings über den Ort des Geschehens und die involvierten Personen. Als er Sibylle und Cesarine sah, konnte er fast riechen, dass hier etwas zum Himmel stank. Ein Polizist informierte ihn, dass sich das Fluchtauto inzwischen kurz vor Lautenthal befand, wo immer das sein mochte. Er kannte sich im Harz nicht besonders aus. Die Geisel hätte man inzwischen laufen lassen. Dann wurde ihm mitgeteilt, dass in Lautenthal gerade eine Straßensperre errichtet würde. Ein Hauptkommissar Schneider aus Goslar leitete die Aktion dort.

Lilly wählte die Mobilnummer des ihr seit Jahren bekannten Kommissars aus Goslar.

»Hallo Herr Schneider, hier ist Lilly Höschen.«

»Fräulein Höschen, ich habe jetzt gar keine Zeit.«

»Die werden Sie sich nehmen müssen. Ich verfolge gerade zwei bewaffnete Entführer. Das heißt, eigentlich ist nur noch einer bewaffnet. Dem anderen habe ich die Waffe abgenommen.«

»Was? Sie wollen mir doch wohl nicht sagen, dass Sie in den Überfall in Duderstadt involviert waren?«

»Genau das. Ich befinde mich jetzt zusammen mit Antek Spielmann, einem Freund aus den USA und der entführten und inzwischen freigelassenen Monika zwischen Wildemann und Lautenthal. Mein Großneffe Amadeus und zwei Personenschützer sind im Auto vor mir. Die Verbrecher fahren vorneweg. Wir verfolgen sie. Ich kann Ihnen auch die Autonummer des Gangsterautos sagen.«

Nachdem er das Kfz-Zeichen notiert hatte, sagte er: »Fräulein Höschen, halten Sie Abstand von dem Wagen. Mindestens einen Kilometer. Es könnte zu einer Schießerei kommen.«

»Oh, wir schießen zurück. Und nun will ich Sie nicht weiter aufhalten. Die Banditen sind gleich bei Ihnen. Wir treiben sie direkt in Ihre Arme.«

Dann beendete sie das Gespräch, und Schneider, ein ebenso höflicher wie fähiger Kriminalbeamter in den Fünfzigern, raufte sich die Haare. Seit Jahren gab es kein schweres Verbrechen in der Gegend, bei dem Lilly Höschen nicht in irgendeiner Weise involviert war. Sie hatte schon Mörder in ihrem Haus überwältigt, entführte Kinder nach Hause gebracht und war sogar bis nach Australien geflogen, um einen Fall aufzuklären, der dann wieder in seinem Zuständigkeitsbereich endete. Er mochte dieses verrückte alte Frauenzimmer, aber jetzt hatte er Angst um sie. Eine Verfolgungsjagd mit bewaffneten Verbrechern, das war Neuland für sie.

Ein paar Minuten später sahen die beiden Auftragsmörder die Straßensperre vor sich. Mehrere Polizeiautos versperrten die Straße. Da war kein Durchkommen. Links befand sich das Flüsschen Innerste und rechts ging es steil bergauf in den Wald. Hier kamen sie nicht mehr weg. Sie müssten schon umdrehen. Damir, der vorhin unfreiwillig Bekanntschaft mit dem Ziegenbock gemacht hatte, bremste abrupt ab und versuchte ein Wendemanöver auf der schmalen Straße. Amadeus' Auto war etwa fünfzig Meter entfernt, als es stoppte. Dann kam Antek angefahren und stellte sich neben das Fahrzeug von Amadeus. Hier kämen die Verbrecher nicht vorbei. Plötzlich lösten sich zwei Polizeiautos aus der Straßensperre, beschleunigten und stellten sich vor den Wagen. Bewaffnete Polizisten sprangen heraus. Es gab keinen Ausweg mehr. Damir und Viktor ließen sich widerstandslos festnehmen und in ein Polizeifahrzeug bringen. Nun stiegen alle aus. Herr Schneider begrüßte Lilly, Amadeus und Antek, die er alle kannte. Monika wurde ihm als Entführungsopfer vorgestellt. Als er Ken die Hand gab, sagte Lilly: »Herr Schneider, das ist Ken aus New

York. Er ist ein Freund der Ihnen bekannten Oberstaatsanwältin Cesarine Zicke-Sandelholz.«

»Oh, mit wem Sie so alles verkehren, Fräulein Höschen. Sie überraschen mich immer wieder aufs Neue.«

Sie verabredeten, dass sie alle am nächsten Morgen aufs Präsidium kämen, um ihre Aussagen zu machen. Es war spät geworden. Es war niemandem mehr zuzumuten, sich die Nacht in Goslar um die Ohren zu schlagen. Die Verbrecher waren verhaftet, die Entführte frei. Schneider telefonierte mit LKA-Mann Kusch in Duderstadt und verabredete, dass dieser morgen früh nach Goslar kam, um beim Verhör der Täter mitzuwirken und alles Weitere zu besprechen.

Amadeus beschloss, bei seiner Großtante zu übernachten, um dann morgen gemeinsam mit ihr nach Goslar zu fahren. Seine zwei Beschützer schickte er nach Hause, nachdem sie ihn und Lilly oben am Schulberg abgesetzt hatten. Antek war nur ein paar hundert Meter von seinem Haus entfernt und bot Monika und Ken an, bei ihm zu übernachten.

BROOKLYN, NEW YORK

Als Bernard Timmons von dem Dilemma hörte, das ihm sein Mitarbeiter fürs Grobe kleinlaut beichtete, bekam er den zweiten Tobsuchtsanfall seines Lebens. Der erste lag schon viele Jahre zurück, nachdem ihn sein früherer Geschäftspartner um einen Millionenbetrag betrogen hatte, und er nicht in der Lage gewesen war, dies in legaler oder illegaler Weise wieder hinzubiegen. Dieser Fall lag ähnlich. Nachdem zwei der Täter gefasst waren, konnte er keinen weiteren Versuch unternehmen, die Sache in seinem Sinne zu regeln. Die deutsche Polizei ermittelte und würde ein Auge auf alle Beteiligten haben. Er musste sich, zumindest in nächster Zeit, damit abfinden, dass es Leute gab, die nicht nur unfähig waren, sondern auch illoyal. Das war eine gefährliche Mischung. Ken und Sibylle schwebten über ihm und seinem Unternehmen wie ein Damoklesschwert. Sibylle hatte versucht, ihn zu erpressen. Und Ken war zurzeit nicht zurechnungsfähig. Vielleicht könnte er ihn zur Besinnung bringen, wenn seine Angebetete ihm den Laufpass gab. Aber dazu musste er erst einmal herausfinden, wer die Dame war. Ideal wäre es, Ken würde zurück nach New York kommen. Hier könnte er ihn unbehelligt beseitigen lassen, es sei denn, er würde wieder normal. Aber wahrscheinlich würde er herausbekommen oder schon wissen, dass unter anderem ihm der Anschlag in Deutschland gegolten hatte. In diesem Fall würde er sich hüten, zurückzukommen. Also nahm er noch einmal seinen Mitarbeiter fürs Grobe ins Gebet: »Ich gebe dir hiermit die allerletzte Chance. Entweder die Sache ist innerhalb einer Woche erledigt oder *du* bist erledigt.« Da kam dem Mann endlich der erlösende Geistesblitz. Warum hatte er nicht schon vorher daran gedacht, statt diese dilettantische Bande zu beauftragen? Seine Spezialwaffe für aussichtslose Fälle! Unglaublich teuer, aber absolut zuverlässig. Er kannte diesen Menschen nicht einmal persönlich. Wahrscheinlich kannte niemand ihn. Er wusste nicht mal, ob es sich um einen Mann oder eine Frau handelte. Er wusste nur, dass immer, wenn ein Fall nahezu aussichtslos schien, dies die einzige Alternative war. Also nahm er Kontakt auf und übermittelte alle Informationen über Sibylle und Ken, die er hatte.

GOSLAR

Hauptkommissar Kusch und seine Kollegen hatten die in Duderstadt anwesenden Zeugen bereits am Abend des Geschehens befragt. Den Tathergang schilderten alle, von den üblichen wahrnehmungsbedingten Abweichungen abgesehen, gleich. Was fehlte, war das Motiv. Niemand konnte sagen, was die beiden Täter eigentlich wollten. Aber das würde er schon in Goslar herausbekommen. Interessant war allerdings, dass die Täter offenbar Sibylle und Ken kannten. Was sie von ihnen wollten, wusste jedoch niemand, weil der Ziegenbock dazwischen gekommen war, als einer der Täter die beiden aufgefordert hatte, zu ihm zu kommen. Rein vom Gefühl her tippte er auf einen Zusammenhang mit dem ermordeten Mann von der Gewerbeaufsicht. Aber er fand keinen. Außerdem nervte ihn, dass ausgerechnet diese fürchterliche Zicke-Sandelholz da mit drinsteckte. Er konnte keine Frage stellen, ohne dass sie ihm das Wort im Mund umdrehte. Als er sie gefragt hatte »*In welchem Verhältnis stehen Sie zu diesem Amerikaner Ken Bierman?*«, hatte sie geantwortet: »*Wir sind beide Wagnerianer und wir treiben es miteinander.*«

»Und warum ist er gerade in Deutschland?«

»Um mit mir Wagner zu hören.«

»Hat er auch einen Beruf?«

»Das weiß ich nicht. Fragen Sie ihn doch selbst. Meine Beziehung zu ihm beschränkt sich bislang auf Wagner und Sex.«

»Und wie lange kennen Sie ihn schon?«

»Seit ein paar Tagen.«

Er fühlte sich total verschaukelt, wagte aber nicht, weiter zu bohren. Er würde sich den Typen morgen selbst vorknöpfen.

Völlig übernächtigt kam Kusch am nächsten Morgen nach Goslar. Bis halb zwei hatte er in Duderstadt Zeugen vernommen.

Als er das Restaurant betrat, rannte ein verrückt gewordener Ziegenbock auf ihn zu und rammte ihm die Hörner dahin, wo es besonders weh tat. Dieser Manfred konnte nicht ganz dicht sein, solch ein Vieh in einem Luxusrestaurant herumlaufen zu lassen. Schließlich brachte er das Biest in den Stall. Die Leute, die vernommen werden mussten, gehörten zu den merkwürdigsten Gestalten, mit denen er je zu tun hatte. Zicke-Sandelholz war sowieso ein Fall für sich, dann diese verrückte Alma Louise, die der Polizei die Schuld an dem Überfall gab, weil man ihr neulich ihre Pistole weggenommen hatte. Besonders schräg war aber der alte Johannes, der Liebhaber von Alma Louise. Der stand plötzlich mit einem Sack Karamellbonbons im Restaurant und schleuderte diese haufenweise durch den Raum, wobei er rief: »Kamelle!«

Er konnte nicht ahnen, dass in Goslar noch ganz andere Kaliber auf ihn warteten. Mit Kommissar Schneider kam er sofort bestens klar. Das war ein angenehmer Mensch, der auch keine Vorurteile gegenüber dem LKA hatte, auf die er sonst pausenlos stieß. Sie besprachen, dass sie zunächst die beiden Verbrecher einzeln befragen wollten. Leider ging das nicht, weil beide auf Anwälte bestanden, die so schnell nicht anreisen konnten. Also nahm man sich erst mal diese Dame vor, die von den beiden als Geisel genommen worden war. Sie hatte sich inzwischen offenbar ganz gut von dem Geschehen erholt. Körperlich hatte sie keinen Schaden genommen, und psychologische Hilfe wollte sie nicht in Anspruch nehmen. Monika war die Normalste von allen und konnte gut schildern, was passiert war. Dann wurde Ken in das Vernehmungszimmer gebeten. Die beiden Kommissare waren in der Lage, mit ihm auf Englisch zu kommunizieren. Sie nahmen gegenüber dem Amerikaner Platz und Schneider fragte, was ihn nach Deutschland geführt hatte.

»Ursprünglich wollte ich mit Sibylle etwas Geschäftliches besprechen. Sie arbeitet seit vielen Jahren für unser Unternehmen. Aber dann traf ich Cesarine, und wir haben uns schlagartig ineinander verliebt. Deshalb bin ich noch gar nicht dazu gekommen, mit Sibylle zu reden. Dann musste ich für ein paar Tage zurück nach New York, um etwas zu erledigen, habe aber das nächste Flugzeug genommen, um zurück zu Cesarine zu kommen.«

Die beiden Kommissare sahen sich kurz an und wussten, dass sie dasselbe dachten: *Wie kann man sich in diese Walküre derart verlieben, dass man seine Geschäfte vergisst und schnurstracks über den Atlantik fliegt, um sich in die langen Arme dieser XXL-Frau zu begeben?*

Der Mann machte einen sympathischen Eindruck. Die Sicherheitsfirma, für die er an leitender Stelle arbeitete, war Kusch bekannt. Er hielt sie unbedingt für seriös und Ken ebenfalls. Immerhin war er ein studierter Jurist. Sie fanden keine Zusammenhänge, die zu einem Motiv für das Verbrechen führen konnten. Erstaunt war er allerdings, dass Sibylle für ihn arbeitete. Das hatte sie ihm bisher nicht gesagt. Als er das Zimmer verlassen hatte, tauschten sich die beiden Kommissare über Zicke-Sandelholz aus und hatten Schwierigkeiten, mit dem Lachen aufzuhören, als Fräulein Höschen das Zimmer betrat. Schneider konnte seinen Kollegen noch nicht mal darüber aufklären, dass Fräulein Höschen eine alte Bekannte von ihm war, die ständig in allen möglichen Kriminalfällen eine Rolle spielte.

»Guten Morgen, Fräulein Höschen. Schön, dass Sie da sind«, sagte Schneider, der übers ganze Gesicht lächelte. »Darf ich Ihnen meinen Kollegen Herrn Kusch vorstellen? Er ist vom Landeskriminalamt und unterstützt mich bei der Aufklärung des Verbrechens.«

Kusch erhob sich und schüttelte der Frau die Hand.

»Aber das Verbrechen ist doch schon aufgeklärt. Wir haben Ihnen die Halunken gestern Abend direkt in die Arme getrieben.«

»Wofür wir Ihnen sehr dankbar sind. Allerdings müssen wir nun herausfinden, welches die Motive für den Überfall waren und ob noch andere dahinter stecken.«

»Na gut, das verstehe ich.«

»Fräulein Höschen, vielleicht erzählen Sie uns einfach mal, was Sie gestern nach Duderstadt geführt hat und was dann passiert ist.«

»Natürlich. Also, Manfred und Sibylle waren lange in Amerika und sind vor einiger Zeit zurück nach Deutschland gekommen, um ein Restaurant zu eröffnen. Das heißt, es ist Manfreds Restaurant. Sibylle ist ja als Kriminalistin tätig. Ach, dazu müssen Sie wissen, Manfred, Sibylle wie auch Antek Spielmann, der übrigens draußen auf dem Flur wartet, waren meine Schüler am Gymnasium. Jedenfalls wollten die Heimkehrer eine Feier veranstalten, um ihre Freude zum Ausdruck zu bringen, wieder hier zu sein. Antek, der ja wie ich in Lautenthal wohnt, wenn er nicht gerade in Polen ist oder in China oder sonstwo in der Weltgeschichte seiner Arbeit nachgeht, holte mich nachmittags ab, damit ich nicht extra fahren musste. Er informierte mich noch, dass er als Willkommensgeschenk einen Ziegenbock gekauft hatte, der abends angeliefert werden sollte.«

»Ach, der Ziegenbock stammt von Herrn Spielmann«, sagte Kusch ganz entgeistert.

»Ganz recht. Manfred hat ja schon eine Reihe Ziegen und wohl auch einen Bock, der jedoch nicht in der Lage ist, die Damenwelt besonders heiß zu machen und für Nachwuchs zu sorgen. Jedenfalls fuhren wir nach Duderstadt und machten einen Bummel über den herrlichen Wall und durch die Stadt mit all ihren zauberhaften Fachwerkhäusern...«

Kusch war diese Ausführlichkeit einfach zu viel. Er musste die Sache auf den Punkt kriegen und unterbrach die alte Dame: »Entschuldigen Sie, Fräulein Hös-chen...«. Er hatte es getan. Er hatte ihren Namen nicht wie *Hö-schen* ausgesprochen, sondern wie *Hös-chen*. Sie verstummte und richtete einen inquisitorischen Blick auf ihn. Schneider, der um ihre Empfindlichkeit hinsichtlich ihres Namens wusste, sagte sofort: »Man spricht den Namen aus wie *Hö-schen, Hö-schen* mit kurzem *ö* und *sch*.«

»Entschuldigung. Wenn Sie nun bitte weiter berichten würden. Allerdings interessiere ich mich nicht für das wunderschöne Stadtbild von Duderstadt.«

»Wie Sie meinen, Herr Fusch.«

»Kusch. Ich heiße Kusch.« Schneider grinste in sich hinein. Das war Lilly Höschen.

»Auch gut, also Herr Husch, äh Kusch – jetzt haben Sie mich ganz durcheinandergebracht. Also, wir fuhren dann zum Restaurant, wo ich mich zunächst entsetzlich gelangweilt habe neben dieser fürchterlichen Alma Louise und ihrem komischen Johannes, wobei ich nicht weiß, ob sein absonderliches Verhalten altersbedingt ist oder ob er schon immer so war. Er fragte mich doch tatsächlich, wie ich es mir leisten könne, nach Australien zu reisen. Als ich ihm antwortete, ich ginge auf den Strich, hat er mir das doch allen Ernstes geglaubt.« Schneider lachte, während Kusch kurz vor einem Nervenzusammenbruch stand. Schneider wusste, wie man Lilly Höschen zu nehmen hatte. Kusch wusste es nicht. Deshalb machte er den Fehler, sie abermals zu unterbrechen.

»Frau Höschen...«

»*Fräulein*, wenn ich bitten darf.«

»Gut. Fräulein Höschen, bitte fangen Sie am besten an, als die Täter das Restaurant betraten.«

Sie schwieg ein paar Sekunden lang, dann sagte sie ganz kühl: »Gut, wenn Sie die Kurzversion wünschen. Die Gesellschaft hatte sich nach dem Essen vermischt, und es wurden viele Gespräche in kleinen Grüppchen geführt. Plötzlich ging die Tür auf und herein kamen die beiden maskierten Männer, die Pistolen in ihren ausgestreckten Händen hielten. Einer blieb an der Tür, der andere ging zum Ende des Raumes. Das Personal kam aus der Küche. Offenbar war ihnen das, was da im Restaurant vor sich ging, nicht geheuer. Kurz danach öffnete sich die Tür abermals, und dann war da plötzlich dieser Ziegenbock im Restaurant – und zwar ohne Maskierung und Pistole. Der Bock rammte seine Hörner sofort in die Genitalzone des einen Verbrechers. Der kippte daraufhin um und seine Waffe flog in meine Richtung. Ich hob sie auf und gab einen Warnschuss ab. Dann richtete ich sie auf den anderen Banditen. Dieser schnappte sich Monika, weil sie nur ein Stück entfernt saß, und hielt ihr seine Pistole an den Kopf. Er drohte zu schießen. Auf diese Weise konnten sie, zusammen mit Monika, aus dem Restaurant entkommen und brausten mit ihrem Auto davon. Antek, Ken und ich fuhren ihnen nach. Dass mein Großneffe Amadeus mit seinen beiden Leibwächtern sich uns anschlossen, merkte ich erst zwischen Osterode und Clausthal-Zellerfeld, als ich Amadeus am Telefon hatte. Er informierte die Polizei über den weiteren Verlauf der Fahrt, und so konnte diese kurz vor Lautenthal eine Straßensperre errichten. Dort gab es keine Ausweichmöglichkeit, und die Banditen saßen in der Falle. Das ist alles.«

»Herzlichen Dank, Fräulein Höschen. Ich hätte vielleicht noch eine Frage: Kannten Sie diesen Ken Bierman schon vorher?«

»Nein. Ich habe ihn gestern erst kennengelernt.«

»Und Frau Zicke-Sandelholz?«

»Das sind jetzt aber schon zwei Fragen. Also, ich habe die Dame voriges Jahr kennengelernt, als sie noch Oberstaatsanwältin war. Ich war Zeugin bei den sogenannten Merkel-Morden. Die Dame hat mich ganz schön gepiesackt. Aber ich habe es ihr heimgezahlt.«

»Wie das?«

»Das sage ich Ihnen nicht, weil ich mich sonst selbst einer Straftat bezichtigen müsste.«

»Um Gottes willen, das wollen wir lieber vermeiden. Auf jeden Fall ist dies demnach schon das zweite schwere Verbrechen, dessen Zeugin Sie wurden?«

»Das zweite? Fragen Sie mal Herrn Schneider. Wann immer sich in der Gegend irgendwelches Lumpenpack mordend und entführend herumtreibt, werde ich auf irgendeine Weise darin verwickelt. Ich scheine die Verbrecher magisch anzuziehen.«

Als sie gegangen war, musste Schneider seinen Kollegen erst mal aufklären, was es mit dieser alten Dame auf sich hatte. Danach vernahmen sie noch Antek, Amadeus und seine beiden Leibwächter. Der gesamte Tathergang war klar und wurde von allen Zeugen bestätigt, während man über das Motiv nur spekulieren konnte. Nachmittags trafen die Anwälte der beiden Beschuldigten ein. Die Kollegen hatten inzwischen herausgefunden, dass Damir serbischer Staatsangehöriger albanischer Herkunft war. In Deutschland lag nichts gegen ihn vor. Er war vierzig Jahre alt und sollte vor zwei Jahren abgeschoben werden. Seitdem war er untergetaucht. Viktor war Weißrusse und genauso alt wie sein Kumpan. Er hatte ein Touristenvisum, das vor einem halben Jahr abgelaufen war.

Beide wurden nacheinander mit ihren Anwälten in das Vernehmungszimmer geführt. Sie gaben zu, was ohnehin klar war. Das Motiv sei Raub gewesen, und niemand hätte sie beauftragt. Dass sie sich ausgerechnet dieses Restaurant vorgenommen hatten, sei Zufall gewesen. Auf die Frage, warum sie die Namen von Sibylle und Ken kannten, kam keine Antwort. Die Anwälte erklärten, dass ihre Mandanten nach dem Geständnis keine weiteren Aussagen machen wollten. Offenbar hatten sie Anweisungen von höherer Stelle.

»Es ist unbefriedigend. Wir haben Geständnisse, wir haben jede Menge Zeugen, aber wir kennen die wahren Hintergründe der Tat nicht«, sagte Kusch zu seinem Kollegen Schneider.

»Mehr können wir aber im Moment nicht tun. Ich sehe keine Zusammenhänge, die uns zum Motiv führen könnten. Folglich wird der Staatsanwalt Anklage erheben, sie werden verurteilt und möglicherweise vor der vollständigen Verbüßung ihrer Strafe abgeschoben.«

»So ist es. Aber ich könnte schwören, dass irgendeine Verbrecherorganisation hinter dem Ganzen steckt. Und es muss eine

Verbindung zu Ken Bierman und Sibylle Schönborn geben. Die beiden arbeiten ja für eine große Security-Organisation in Amerika. Da gibt es einen Zusammenhang.«

»Möglich. Aber weder Sibylle noch Ken haben dazu irgendetwas gesagt. Ich sehe nicht, was wir da weiter tun könnten. Für uns ist die Sache vorerst erledigt. Die bösen Buben sind gefasst und aus dem Verkehr gezogen.«

»Scheiße!«, entfuhr es Kusch.

»Das ist eine gute Umschreibung der Situation«, entgegnete Schneider.

Übernächtigt und unbefriedigt fuhr Kusch zurück nach Göttingen. An Hannover, wo er eine Wohnung hatte, war im Moment nicht zu denken. Jetzt hatte er schon zwei Fälle an der Backe, die ihm Kopfzerbrechen bereiteten. Immerhin hatte man die Täter des Überfalls hinter Schloss und Riegel. Aber wie sollte er mit dem Mord an dem Gewerbeaufsichtsmenschen weiterkommen?

DUDERSTADT UND GÖTTINGEN

Am Abend lief der Betrieb in Manfreds Restaurant wieder ganz normal. Das Chaos, das seine privaten Gäste, die Verbrecher, Polizei, Spurensicherung und Ziegenbock angerichtet hatten, war beseitigt. Als das Hauptgeschäft gelaufen war und die ersten Gäste das Lokal verließen, setzten er und Sibylle sich an einen Tisch, um das Geschehen des letzten Abends Revue passieren zu lassen.

»Irgendwas ist hier oberfaul«, sagte sie zu ihrem Mann. »Warum hat einer der Gangster Ken und mich zu sich gerufen? Woher kannten die unsere Namen?«

»Die ganze Geschichte macht mir Angst.«

»Ich muss Ken noch mal sprechen. Wenn jemand etwas weiß, dann er. Gefährlich wäre es, wenn er nichts wüsste. Das würde bedeuten, dass dieser Arsch von Timmons uns beide kalt machen will.«

»Du meinst, dass der große Boss seine Killer aussendet, um dich und Ken zu beseitigen?«

»Genau so. Und er wird es wieder versuchen.«

Cesarine saß in Göttingen mit Ken in ihrem extravagant eingerichteten Wohnzimmer. Nachdem er aus Goslar zurückgekommen war und ihr weismachen wollte, dass es sich wohl um einen ganz normalen Raubüberfall gehandelt hatte, brummte ihr der Kopf.

Schließlich sagte sie: »Du kannst mich nicht für dumm verkaufen. Einer der Verbrecher kannte deinen Namen und den von Sibylle. Es sah so aus, dass er euch beide umbringen wollte. Das hat doch etwas zu tun mit eurer Arbeit. Du wirst mir jetzt sofort sagen, was los ist.«

»Ich weiß nicht, warum er meinen Namen kannte.«

Daraufhin flippte sie aus. Nachdem sie diverse Gegenstände nach ihm geworfen hatte und er sich hinter dem Sofa verkroch, rannte sie durch das Zimmer und sprang über das Sofa, um in Wrestlingmanier auf ihm zu landen. Nach einer kurzen Wrangelei auf dem Fußboden siegte die körperliche Anziehungskraft. Cesarine betätigte die Fernbedienung ihrer Musikanlage, und es erklang *Rienzi, der Letzte der Tribunen.*

Nach Stunden voller Leidenschaft schaffte es Cesarine schließlich, ihren Tribun Ken zu einem Geständnis über sein Leben zu bewegen. Fassungslos angesichts seines Treibens in seinem bisherigen Leben juckte es der Juristin in den Fingern, ihn bis ans Ende aller Tage in Festungshaft zu bringen. Da es solcherlei aber nicht mehr gab, sondern nur ganz schnöde Justizvollzugsanstalten, besann sie sich eines Besseren. Außerdem merkte sie, wie ihre Fassungslosigkeit und Wut angesichts seines

Vertrauens, ihr, der einstigen Hüterin des Gesetzes, alles zu gestehen, dahinschmolzen und sie eine noch größere Liebe für diesen Helden empfand. Danach folgte der praktische Teil. Sie beratschlagten, wie nun weiter vorzugehen sei, um sich vor den Schergen des New Yorker Mordbüros zu schützen. Spät am Abend rief Cesarine bei Sibylle an, um sich für den nächsten Nachmittag zu verabreden. Denn einen Schutz konnte es nur geben, wenn beide, Ken und Sibylle, in dieser Sache an einem Strang zögen.

Am nächsten Morgen schaute Cesarine kurz im Büro vorbei, um ein paar Sachen zu unterschreiben. Dann ging sie zur Staatsanwaltschaft. Im Sekretariat wurde ihr gesagt, dass der Oberstaatsanwalt im Moment nicht zur Verfügung stehe. Da betrat ein junger Staatsanwalt, ein Dr. Glöde, das Zimmer, grüßte knapp und legte den beiden Mitarbeiterinnen jeweils einen Stapel Post auf den Tisch. Sofort schoss es aus Cesarine heraus: »Oh, Bürobote Dr. Glöde, da der Oberstaatsanwalt Wichtigeres zu tun hat, als sich mit mir zu unterhalten, hätten Sie vielleicht einen Moment Zeit für mich?«

Der Mann schaute etwas pikiert angesichts der Titulierung als Bürobote und sagte: »Ich habe im Prinzip nie Zeit, aber bei Ihnen mache ich schon mal eine Ausnahme.«

»Wenn das ein Witz gewesen sein soll, dann besteht zumindest nicht die Gefahr, dass ich mich totlache.«

In seinem Zimmer forderte sie von ihm eine Akte, die sie schon längst hätte haben sollen.

»Es tut mir leid, aber in diesem Fall kann nur der Oberstaatsanwalt entscheiden. Und der ist sehr beschäftigt.«

»Also doch Bürobote. Und ich hatte Sie schon für einen Staatsanwalt gehalten, der eigene Entscheidungen trifft. Herr Glöde, wissen Sie eigentlich, wie viele Leute bereits in den Darmwindungen des Oberstaatsanwalts feststecken? Wollen Sie allen Ernstes versuchen, da auch noch einen Platz zu ergattern?

Entweder Sie geben mir jetzt die Akte oder ich stürme das Zimmer Ihres Chefs. Ich lass mich von Ihnen nicht behandeln wie...«

Da ging die Tür auf und der Oberstaatsanwalt kam herein. »Oh, Frau Zicke-Sandelholz. Ich muss mich entschuldigen. Ich habe Sie schlichtweg vergessen in diesem Tohuwabohu.« Er reichte ihr die Hand, die sie missmutig lächelnd schüttelte, während er zu seinem Mitarbeiter sagte: »Glöde, bitte geben Sie Frau Zicke-Sandelholz die Akte – Sie wissen schon.«

Der öffnete einen Seitenschrank und stöberte in einem Berg Akten herum, während der Oberstaatsanwalt Cesarine zunickte und das Zimmer wieder verließ. Schließlich fand Glöde das Gesuchte und vergewisserte sich noch einmal, ob auch alles seine Richtigkeit hatte. Als er sie ihr endlich reichte, sagte sie: »Es ist aufregender, meiner Wäsche beim Trocknen zuzusehen als Ihnen bei der Arbeit.«

»Hier muss alles seine Ordnung haben. Bevor ich einen Vorgang herausgebe, muss ich ja prüfen, ob es damit seine Richtigkeit hat.«

»Ach, Herr Glöde, von den Korinthen, die Sie an einem Tag kacken, könnte eine sizilianische Marktfrau ihre Familie einen ganzen Monat lang ernähren.«

Nachmittags fanden sich Cesarine und Ken in Manfreds Restaurant ein. Cesarine sah aus wie Kriemhild nach dem Racheschwur. Sie haderte mit Gott und der Welt. Endlich hatte sie ihren Traummann gefunden, dann stellte sich heraus, dass er ein professioneller Verbrecher war, der nun selbst in Lebensgefahr schwebte. Und er steckte unter einer Decke mit ihrer Mandantin Sibylle, einer mutmaßlichen Mörderin. Als Oberstaatsanwältin war sie einiges gewöhnt gewesen. Aber einen Fall wie diesen hatte sie nie gehabt. Und sie steckte mittendrin, sie war Mitwisserin und müsste eigentlich die Kriminalpolizei informieren. So dämlich konnten doch die Behörden gar nicht sein, diesen Verbrechern nicht auf die Spur zu kommen.

Sibylle führte ihren Besuch in die Wohnung, damit Manfreds Mitarbeiter, die alles für den Abend vorbereiteten, nichts mitbekamen. Cesarine nahm schräg auf dem Sofa Platz, damit sie ihre langen Beine ausstrecken konnte. Die drei anderen setzten sich auf die bequemen Sessel. Nachdem Sibylle Kaffee serviert hatte, musste sich Cesarine erst einmal Luft machen, bevor sie platzte: »In was für eine Verbrecherbande bin ich hier eigentlich hereingeraten? Du, Sibylle, engagierst mich, weil du wahrscheinlich den Menschen von der Gewerbeaufsicht gekillt hast.«

Als Sibylle etwas sagen wollte, wurde sie von der großen Blonden übertönt: »Halt die Klappe. Ich will es gar nicht wissen. Dank deiner Professionalität ist der Fall für dich wahrscheinlich erledigt. Und du, Ken, bist, wenn ich es richtig sehe, so etwas wie einer der Chefs dieser kriminellen Organisation. Und nun sollt ihr beide ins Gras beißen, weil es noch einen Boss darüber gibt, dem nicht gefällt, was ihr tut. Und ausgerechnet in solch einen Verrückten habe ich mich verliebt. Könnt ihr mir mal erklären, was jetzt werden soll?«

Ken machte einen Ansatz, etwas zu sagen. Aber auch er wurde von Cesarine übertönt: »Warum schlage ich mich mit euch Verbrecherpack eigentlich herum? Um mich nicht selbst strafbar zu machen, müsste ich eigentlich zur Polizei gehen.«

Nun schaute sie Manfred an und sagte: »Wusstest du auch Bescheid? Gehörst du auch zu dieser Bande?«

»Ich, äh...«, stammelte Manfred, der nun ebenfalls von Cesarine unterbrochen wurde.

»Halt's Maul. Ich will es nicht wissen. Was ich wissen will, ist, wie ihr gedenkt, aus dieser Nummer unbeschadet herauszukommen.« Da niemand etwas sagte, fasste Cesarine nach: »Ken, was ist? Sibylle! Redet gefälligst. Ich habe euch etwas gefragt.«

Ken, der sehr nachdenklich geworden war, sagte: »Zunächst einmal müssen wir uns vor einem weiteren Anschlag schützen. Das heißt, Sibylle und ich müssen unsichtbar werden.«

»Wann rechnest du denn damit?«, fragte Cesarine.

»Das wird sehr schnell gehen. Je länger sie warten, desto größer ist die Gefahr für sie, dass wir etwas unternehmen, was ihnen schaden könnte.«

»Das heißt also, ihr müsstet am besten sofort verschwinden?«

»So ist es.«

»Und wohin? Nach Südamerika?«

»Nach Südamerika gehen alle. Außerdem lässt sich das leicht nachvollziehen über Passagierlisten. Am besten, wir verschwinden hier unauffällig und lautlos. Und wenn wir dann zur Ruhe kommen, unternehmen wir etwas, was Timmons dazu bewegen wird, seine Pläne aufzugeben.«

»Wie soll das gehen? Mir ist es ja auch nicht gelungen, wirklich heiße Sachen gegen euch zusammenzutragen«, meldete sich Sibylle zu Wort.

»Sibylle, du bist, entschuldige, wenn ich das sage, eine kleine Dienstleisterin für uns gewesen und weißt nur das, was unbedingt nötig ist. Ich stecke mittendrin, bin Vizepräsident und weiß nahezu alles. Da wird uns schon etwas einfallen. Das weiß auch Bernard Timmons. Allerdings ist Eile geboten. Möglicherweise sind die nächsten Schergen schon da und beobachten uns.«

»Du machst mir eine scheiß Angst«, schrillte Cesarine.

Nun meldete sich Manfred zu Wort, der bisher ganz still dagesessen hatte: »Wir müssen jetzt die Nerven behalten. Am besten, wir suchen uns ein Ziel aus, wo Ken und Sybille unbekannt sind und nicht auffallen. Ein Touristenzentrum wäre gut. Torfhaus zum Beispiel. Da kann man ein Ferienhaus mieten. Täglich kommen da Hunderte, wenn nicht Tausende von Menschen hin, um den Ausblick auf den Brocken zu genießen.«

Was sich hinter dem Allerweltsnamen Anna Müller verbarg, war eine der abgefeimtesten Auftragsmörderinnen, die die Welt je gesehen hatte. Allerdings war dies nur ihr Künstlername. Denn sie betrachtete das Morden durchaus als Kunst. Im richtigen Leben war sie Ihre Exzellenz Jaimia Parker, Botschafterin eines kleinen Inselstaates im südlichen Pazifik, den kaum ein Mensch kennt. Der Staat leistete sich neben der Botschaft in Australien nur eine weitere, und zwar in Brüssel. Und dies auch nur, weil Jaimia diese finanzierte. Neben ihr als Botschafterin gab es nur eine Mitarbeiterin, die zugleich Konsulin, Attaché für sämtliche Angelegenheiten, Sekretärin und Mädchen für alles war. Jaimia hatte am Rande Brüssels ein schönes Haus erworben, in dem sie mit ihrer Mitarbeiterin wohnte, und das sie ihrem Land für einen Dollar Miete pro Jahr als Botschaft zur Verfügung stellte. Der Vorteil, den sie hatte, war ihr Status, der ihr einen Diplomatenpass bescherte, mit dem sie weltweit reisen konnte, ohne in irgendeiner Weise kontrolliert zu werden. Ihr Urururgroßvater war einst als britischer Kolonist auf einer dieser Südseeinseln gelandet. Ihr Großvater heiratete dann eine einheimische Schönheit, und ihr Vater eine Aussteigerin aus Deutschland, ein gewisses Fräulein Müller. Jaimia kam als junges Mädchen nach Deutschland zum Studieren und erwarb sich dort in ›Fachkreisen‹ bereits erste Anerkennung als Auftragsmörderin. Inzwischen war sie international gefragt, wenn es darum ging, möglichst unauffällig auch knifflige Aufträge zu erledigen. Blut floss bei ihr relativ selten, Grausamkeiten verabscheute sie. Sie hatte mal einen amerikanischen Multimillionär durch sogenannte Lachtropfen dazu gekriegt, sich im wahrsten Sinne des Wortes totzulachen. Der arme Mann, von immer neuen Lachkrämpfen geschüttelt, bekam irgendwann einfach keine Luft mehr. Einen Politiker beförderte sie einst mittels einem durch ein Blasrohr abgeschossenen Giftpfeil ins Jenseits. Zwei steinreiche altjüngferliche Schwestern, die ihren Erben einfach nicht den Gefallen tun wollten, abzutreten und sogar damit drohten, alle zu enterben, schickte sie während einer erotischen Session in der Münchener Fußgängerzone in die ewigen Jagdgründe. Die beiden Damen verließen nur einmal täglich das Haus, um bei schönem Wetter in einem Straßencafé zu frühstücken. Sie hatten dort einen festen Platz, um auf die stets vorhandenen Kleindarsteller, Musikanten etc. zu blicken und sich unterhalten zu lassen. Jaimia engagierte ein gut aussehendes Pärchen, das sich dort nackt auszog, um dem interessierten Publikum dann allerlei erotische Handlungen zu demonstrieren. Alle, aber auch wirklich alle Anwesenden starrten auf die zwei nackten Menschen. Jaimia nutzte diese Minuten, bevor die Polizei dieses unzüchtige Treiben unterband, um den beiden alten Damen ein hochwirksames Gift in den Kaffee zu kippen. Als die Show vorbei war, saßen die zwei Frauen tot auf ihren Stühlen. Niemand hatte etwas mitbekommen.

Jaimia war es zu langweilig, auf diesen bilderbuchhaft schönen, aber sehr ärmlichen Inseln ihrer Heimat zu leben. Als Frau von Welt, die sich mittlerweile ein kleines Vermögen geschaffen hatte, überzeugte sie den Präsidenten, der die meiste Zeit seines Lebens Kokosnüsse geerntet hatte, dass der Staat unbedingt eine Botschaft in Europa brauche. Da es ihn nichts kostete, willigte er gern ein und verschaffte Jaimia damit den Diplomatenstatus und heftete ihr den eigens für sie erfundenen Orden ›Patriotin der Südsee‹ an die Brust. Sie war inzwischen Anfang sechzig und dachte gar nicht daran, in Pension zu gehen.

Immer, wenn Anna Müller eine E-Mail erhielt, wusste Jaimia, dass sie nicht in ihrer Eigenschaft als Botschafterin gefragt war. Bei Interesse nahm sie dann Kontakt auf. Vor zwei Tagen hatte sie Besuch aus New York. Es war ein außerordentliches Privileg, von ihr persönlich empfangen zu werden. Als sie hörte, dass die Zielpersonen zwei hochkarätige Kollegen waren, schmunzelte sie und sagte ihrem Besucher: »Ihnen ist sicherlich klar, dass das sehr teuer wird.«

»Aber gewiss. Hauptsache, es geht schnell.«

Sie hatte Ken vor ein paar Jahren persönlich kennengelernt. Es ging um einen Auftrag, den sie jedoch ablehnte, weil sie keine Lust hatte, dafür nach Südamerika zu reisen. Diesen Auftrag nahm sie allerdings gern an. Sie hatte ein Netzwerk hochkarätiger Detektive und ließ sofort recherchieren, wo sich Ken und Sibylle aufhielten. Das war einfach.

Als Ken und Sibylle sich abends auf den Weg machten, rief der Detektiv, der vor Manfreds Restaurant gewartet hatte, Jaimia an: »Die beiden Zielpersonen verlassen in einem schwarzen BMW das Grundstück. Ich folge ihnen und melde mich dann wieder.«

Jaimia erhielt diesen Anruf auf der Freisprechanlage ihres luxuriösen Autos mit Diplomatenstatus. Eine Stunde später, als sie sich mit ihrem Wagen gerade auf einer Autobahn im Ruhrgebiet befand, kam die nächste Meldung: »Die beiden Zielpersonen haben eine Ferienwohnung in Torfhaus bezogen. Das ist ein kleiner Ort im Hochharz.«

Jaimia beschloss, bis nach Kassel zu fahren, um sich dort ein Hotelzimmer zu nehmen. Dort würde sie übernachten und in Ruhe überlegen, auf welche Art sie die beiden am besten in die Hölle befördern könnte. Sie war sich nicht sicher, ob es gut wäre, Ken offen entgegenzutreten oder ihn und seine Begleiterin lieber in einem Überraschungscoup auszuschalten. Das müsste sie vor Ort entscheiden, wenn sie die Gegebenheiten kannte. Möglicherweise würde Ken sofort wissen, was los war, wenn er sie sah.

* * *

Bevor Sibylle mit Ken losfuhr, hatte sie noch etwas im Ziegenstall zu erledigen. Unter der gestampften Erde eines Geheges befand sich eine Bodenluke, die niemand dort vermutet hätte. Diese führte zu einem Vorratslager aus alter Zeit. Das war das sicherste Versteck, das man sich denken konnte. Niemand kam auf die Idee, dort eine solche Räumlichkeit vorzufinden, zumal der Stall auch neu errichtet worden war, nachdem man den alten abgerissen hatte. Und eben dort hatte Sibylle ihre Waffen versteckt. Zwei Pistolen und etliche Magazine mit Munition. Die Pistole, mit der sie den Gewerbeaufsichtsfritzen erschossen hatte, war längst entsorgt. Sie benutzte jede Waffe nur einmal, damit man im Fall eines Falles nicht irgendwelche Verbindungen herstellen konnte.

Sie hatte telefonisch ein Haus in der Ferienanlage bestellt und Glück gehabt, dass überhaupt noch eines frei war. Für eine Woche. Dann würde man weitersehen. Vielleicht wäre ja bis dahin auch alles in trockenen Tüchern. Bei der Ankunft bezahlte sie in bar, damit niemand aufgrund ihrer Kreditkarte nachvollziehen konnte, wo sie war. Als sie das Haus bezogen hatten, machte es sich der Detektiv in seinem Wagen auf dem großen Parkplatz gemütlich.

* * *

Lilly Höschen hatte, wie so oft, mal wieder Hummeln im Hintern. Sie liebte durchaus die Ruhe und Abgeschiedenheit, die ihr in ihrem Haus am Berg beschert wurde. Aber sie brauchte auch Gesellschaft. Amadeus' Frau und Tochter waren verreist, und ihr Freundeskreis in Lautenthal wurde altersbedingt immer kleiner. Die Leute starben mit zunehmendem Alter einfach weg. Also telefonierte sie mit Gretel in Braunlage, die auch immer beschäftigt sein musste oder Leute um sich herum brauchte. Sie sagte zu Lilly: »Dann komm doch zu mir und hole mich für ein paar Tage nach Lautenthal. Mittagessen könnten wir heute in

Torfhaus. Da gibt es mehrere gute Lokale. Außerdem habe ich einen Kuchen gebacken. Den nehmen wir mit.«

* * *

Jaimia traf am späten Vormittag in Torfhaus ein und ließ sich von dem Detektiv das Häuschen zeigen, das Ken und Sibylle bezogen hatten.

»Sie waren heute Morgen etwa für eine Stunde in dem großen Restaurant zum Frühstücken. Jetzt sind sie wieder im Haus.«

»Gut. Ihr Job ist erledigt. Sie können fahren. Ich übernehme«, sagte Jaimia freundlich. Dann machte sie einen Rundgang durch den kleinen Ort, um die Gegebenheiten zu ergründen. Sie setzte sich in ihren Wagen, von dem aus sie einen guten Blick auf das Haus hatte, in dem die beiden Zielpersonen sich befanden. Nach einer Stunde kamen sie heraus und begaben sich in Richtung des großen Restaurants. Kurz danach entstieg Jaimia ihrem Auto und machte sich an der Tür des Ferienhauses zu schaffen. Das war eine einfache Aufgabe. Sie inspizierte alles und stellte fest, dass zwei Schlafzimmer belegt waren. Im Wohnzimmer standen eine geöffnete Wasserflasche und zwei Gläser. Hätte es sich nur um eine Zielperson gehandelt, könnte sie ihren Job sofort erledigen. Ein paar Tropfen eines hochwirksamen Giftes würden ihren Dienst tun. Aber was, wenn nur einer von beiden etwas trank und der Andere würde mit ansehen, was passierte? Also musste sie sich etwas anderes einfallen lassen. Sie entschloss sich, erst einmal ihre Lachtropfen in die Flasche einzufüllen. Wenn nur einer davon trank, wäre dieser für lange Zeit enthemmt. Bis die Wirkung dann nachließe, würde sicherlich auch der Andere etwas getrunken haben. Dann hätte sie leichtes Spiel und könnte ganz offiziell an der Tür klingeln und die beiden mittels Gift oder auf sonstige Weise erledigen. Wer diese Droge intus hatte, von dem war kein Widerstand zu erwarten.

* * *

Das große Restaurant, von dem man einen phänomenalen Ausblick auf den Brocken hatte, war proppenvoll. An diesem herrlichen Sommertag gab es eine wahre Flut von Ausflüglern. Als Ken und Sibylle die auf Bayern getrimmte Gastwirtschaft (warum eigentlich bayerisch? Hier war man im Harz!) betraten, trauten sie ihren Augen nicht. Da saßen Lilly Höschen und Gretel Kuhfuß. Die wohl einzigen zwei freien Plätze befanden sich an ihrem Tisch. Lilly winkte ihnen auch schon zu. Da war kein Entkommen. Also begrüßte man sich herzlich, und die beiden nahmen Platz.

»So schnell sieht man sich wieder«, sagte Lilly. »Ihr beide seid wohl in die Sommerfrische gefahren?«

»Ja«, antwortete Sibylle. »Cesarine muss arbeiten, Manfred auch. Und da Ken und ich einiges zu besprechen haben, sind wir hier hochgefahren, damit er etwas vom Harz sieht.«

»Das ist richtig so. Nach dem Essen fahren wir nach Lautenthal. Kommt doch einfach mit. Dann nehmen wir den Nachmittagskaffee bei mir im Garten, und Ken sieht auf diese Weise noch etwas mehr vom Harz.« Da Lilly jetzt mit Rücksicht auf Gretel deutsch sprach, übersetzte Sibylle. Ken war einverstanden. Nachdem alle sich den Bauch mit bayerischen Spezialitäten vollgeschlagen hatten, entschied man, dass Lilly und Gretel vorausfahren und Ken und Sibylle ihnen einfach folgen würden. Zuvor holten die beiden noch etwas aus ihrem Ferienhaus.

»Ken schenkte sich ein Glas Wasser ein und fragte. »Willst du auch was trinken, Sibylle?«

»Ja, gern.«

Dann ging es los. Jaimia traute ihren Augen nicht, als sie von ihrem Wagen aus wahrnahm, dass die beiden wegfuhren. Also hängte sie sich an sie dran. Man nahm den Weg über Clausthal-Zellerfeld nach Lautenthal. Unterwegs fing Ken an zu kichern. Sibylle konnte nicht anders, als es ihm nachzutun. In Lautenthal vor Lillys Haus am Berg stiegen die beiden lachend aus.

Lilly und Gretel, die in der Einfahrt geparkt hatten, waren auch gerade ihrem Wagen entstiegen.

»Nanu, was ist denn so lustig?«, fragte Lilly. Gretel schaute sie streng an und sagte zu Lilly: »Die beiden erinnern mich an den Tag, als ich mir versehentlich Haschkekse einverleibt habe.«

»Oh Gretel, wenn ich daran noch denke.«

Lilly schickte Ken und Sibylle gleich nach oben in den Garten, während sie mit Gretel Kaffee kochte, den Kuchen anschnitt und Geschirr aufs Tablett räumte. Beim Kaffeekochen erzählte Lilly ihrer Freundin von einem Erlebnis, das sie heute Morgen hatte: »Ich habe dir doch mal von diesem Mann erzählt, den ich vor ein paar Jahren in den Springbrunnen geschubst habe, weil er ein paar Kinder so rüde beleidigt hatte.«

»Jetzt sag mir nicht, dass du ihn wieder in den Brunnen geschmissen hast.«

»Aber nein. Als ich heute Morgen unten im Ort war, traf ich ihn zufällig und habe ihn freundlich gegrüßt. Statt zurückzugrüßen, wollte mich dieser alte Nieselprim doch glatt zum Naschen verführen.«

»Wieso, was hat er denn gesagt?«

»Er sagte, ich könne ihn mal am A Punkt Punkt Punkt lecken.«

»Wie ich dich kenne, hattest du bestimmt eine ordentliche Antwort parat.«

»Natürlich. Ich habe ihm gesagt, ich danke für sein Angebot, aber das hätte ich schon einer anderen Sau versprochen.«

Gut gelaunt gingen die beiden über die vielen Stufen nach oben in den Garten, wo sich die Sitzecke mit dem grandiosen Ausblick auf die bewaldeten Berge befand. Aber dafür hatten sie im Moment keinen Blick. Ken saß in der Unterhose da und Sibylle in Slip und BH. Beide lachten um die Wette.

»Sind wir denn hier im Nudistenclub?«, rief Lilly und Gretel sagte ganz trocken: »Die beiden sind einfach nur plemplem. Wahrscheinlich liegt das hier an deiner Höhenluft.«

Ganz langsam kam nun von unten eine Frau die Treppe herauf. Sie war sicher nicht die Jüngste, aber sehr attraktiv. Mit ihrem langen schwarzen Haar sah sie aus wie eine in die Jahre gekommene Tahiti-Schönheit. Als Ken sie wahrnahm, rief er: »Anna Müller!«

HARZ

Cesarine hielt es nicht aus. Warum ging Ken nicht an sein Handy? Sie rief Manfred an. Der sagte ihr, dass Sibylle ihn vorhin angeklingelt hätte, um ihm mitzuteilen, dass sie und Ken gleich mit Lilly und Gretel nach Lautenthal fahren würden.

»Die spinnen doch. Was wollen die denn schon wieder bei diesen alten Trullas? Gib mir die Adresse von dieser Lilly.«

Jaimia stellte sich Lilly und Gretel als Anna Müller vor, während Ken anfing, etwas aus dem *Fliegenden Holländer* zu singen. Weit kam er allerdings nicht, da er wieder in Gelächter ausbrach. Lilly fragte die Dame ganz erstaunt: »Woher wussten Sie, dass Ken hier ist?«

»Ich wollte ihn in Torfhaus besuchen, als ich sah, dass er gerade wegfuhr. Da bin ich ihm einfach hinterhergefahren. Ich hoffe, ich komme nicht ungelegen.«

»Ungelegener könnte Ihr Besuch gar nicht sein. Sie sehen ja, was los ist. Als er und seine Begleiterin in Torfhaus ins Auto stiegen, waren sie noch normal. Und als sie ausstiegen, sind sie plötzlich verrückt geworden.«

»Also, ich schlage Ihnen vor, dass ich die beiden zurück nach Torfhaus bringe. Wer weiß, was sie hier noch alles anstellen.«

Wenn sie mit den beiden allein wäre, könnte sie unterwegs einen Platz suchen, um sie zu entsorgen. Die derzeitige Situation war jedenfalls äußerst unbefriedigend. Hätte sie geahnt, dass die beiden wegfahren würden, wäre sie nicht auf die Idee mit diesen blöden Lachtropfen gekommen. Die Dosierung war sowieso zu niedrig, um ihnen etwas anhaben zu können. Sie sorgten nur für eine gewisse Enthemmung. Jetzt fing Ken auch noch an, an Sibylle herumzufummeln. Als er ihr den BH abnahm, sagte Gretel ganz entrüstet: »Es fehlt nur noch, dass die beiden hier im Garten anfangen zu vögeln.«

»Gretel, was sind das für Ausdrücke!«, sagte Lilly.

»Wie soll man das denn sonst nennen?«

»Du könntest zum Beispiel sagen: Die beiden sind ornithologisch angehaucht.«

Jetzt ergriff Jaimia die Initiative und sagte: »Ich bringe euch beide zurück nach Torfhaus.«

»Wir wollen nicht nach Torfhaus«, sagte Sibylle. Und an Ken gerichtet: »Was ist das eigentlich für eine komische Tussi? Sieht aus wie die Großmutter von Barbie.«

»Anna ist eine Art Südseeprinzessin. Und nebenbei ist sie eine Auftragsmörderin.«

Jetzt schrillten bei Lilly die Alarmglocken. In letzter Zeit hatte sie diesen Begriff zu oft gehört. Nun sogar auf Englisch. Irgendetwas stimmte hier nicht. Ganz und gar nicht.

»Vielleicht kann uns deine mordende Südseeprinzessin ja ans Wasser fahren. Ich möchte schwimmen.«

»Das ist eine gute Idee.«

Jaimia hatte es hocherfreut zur Kenntnis genommen. Sie musste Ken und Sibylle endlich von diesen beiden alten Weibern wegkriegen. Wären sie ihr nicht in die Quere gekommen, hätte sie den Auftrag längst erledigt und befände sich bereits wieder auf dem Heimweg. Also forderte sie Ken und Sibylle auf, mit zu ihrem Auto zu kommen. Lilly war absolut nicht wohl dabei. So froh sie wäre, diese beiden Durchgedrehten loszuwerden, hatte sie einfach Angst, dass etwas passieren könnte. Also rief sie hinter den Dreien, die ziemlich schnell die lange Gartentreppe hinunter hopsten, her: »Halt! Bleibt hier! Ihr seid doch verrückt.« Sie hörten nicht auf sie. Etwas gemächlicher gingen Lilly und Gretel nach unten. Da saßen die Drei aber schon in Jaimias Auto.

Just in diesem Moment hielt ein weiteres Fahrzeug vor Lillys Haus. Eine Frau sprang, einer Furie gleich, hinaus: Cesarine. Sie brüllte zu Lilly: »Was ist hier los? Warum laufen Ken und Sibylle nackt durch die Gegend? Und was ist das für eine Frau, mit der sie gerade wegfahren?«

Lilly hatte Schwierigkeiten, das alles so schnell aufzunehmen, und brüllte aufgeregt zurück: »Cesarine, fahren Sie hinterher. Ken und Sibylle sind plötzlich verrückt geworden. Ich weiß nicht, was los ist und was noch alles passiert. Die Frau ist eine Südseeprinzessin und Auftragsmörderin.«

Cesarine schaute die alte Frau an wie eine Geisteskranke und sagte: »Ich glaube, da sind noch mehr verrückt geworden.«

Sie sprang zurück in ihren Wagen und düste Jaimia hinterher. Lilly und Gretel stiegen in den Passat, der in der Einfahrt stand. Gott sei dank, der Schlüssel steckte, eine von Lillys Schwächen, die sich in diesem Moment segensreich auswirkte. Lilly machte einen rasanten Schlenker nach hinten, ohne zu schauen, ob vielleicht ein Auto kam, und fuhr den beiden anderen hinterher. Gretel atmete tief durch und sagte: »Wenn ich das hier überlebe, gehe ich freiwillig in ein buddhistisches Kloster und mache Yoga.«

Jaimia fuhr viel zu schnell den Schulberg hinunter. Wäre ihr in den Kurven jemand entgegen gekommen, hätte es gekracht. Cesarine blieb dran, ebenso Lilly, was Gretel den Angstschweiß ins Gesicht trieb. Unten im Städtchen war kaum Verkehr. Jaimia hatte keine Ortskenntnis, fuhr einfach intuitiv weiter Richtung Wildemann. Es war unmöglich für Cesarine, auf dieser unübersichtlichen, kurvenreichen Strecke zu überholen, um den Wagen vor ihr zum Stoppen zu zwingen. Sie hatte eine unbändige Wut in sich. Wie konnte Ken ihr das antun? Jetzt saß er mit der barbusigen Sibylle in diesem scheiß Auto vor ihr. Wer weiß, was die da trieben.

Kaum hatten Ken und Sibylle auf der Rückbank gesessen, waren sie vor Erschöpfung eingeschlafen. Das war für Jaimia das Zeichen, dass die Wirkung der Droge sich dem Ende zuneigte. Die beiden waren von der Aktivität, die die Tropfen ausgelöst hatten, derart erschöpft, dass sie jetzt vermutlich stundenlang schlafen würden. Das war ja völlig in Ordnung. Sie musste nur mit ihnen allein sein. Irgendwo würde sie die lästigen Verfolger schon abschütteln.

Durch den lang gezogenen Ort Wildemann – von Bergen umrahmt dachte man eher an Tirol als an den Harz – musste Jaimia sehr langsam fahren. Die Leute latschten über die Straße, ohne auf Autos zu achten. Als sie das Städtchen verlassen hatte, trat sie voll aufs Gas. Da kam eine Kreuzung. Geradeaus ging es nach Clausthal-Zellerfeld, scharf rechts Richtung Bad Grund, Seesen, Autobahn. Ohne zu überlegen, bog sie rechts ab und fuhr auf den Parkplatz, der sich nur ein paar Meter weiter befand. Wenn sie Glück hatte, würden ihre Verfolger sie nicht sehen, da auch etliche andere Fahrzeuge dort standen. Außerdem würden sie sie dort gar nicht vermuten. Und sie hatte Glück. Die beiden Autos, die ihr seit Lautenthal gefolgt waren, fuhren zügig vorbei in Richtung Clausthal-Zellerfeld. Jetzt hatte sie eine Idee. Am besten, sie fuhr einfach zurück zu diesem Haus der beiden alten Frauen. Dort würde sie niemand vermuten, und sie könnte ihr Werk hier in aller Ruhe zu Ende bringen.

Eine Viertelstunde später hielt Jaimia erneut vor Lillys Haus. Es war nicht ganz leicht, Ken und Sibylle wach zu kriegen. Widerwillig taumelten sie die Stufen zum Hintereingang hinter Jaimia her. In der Eile hatten die beiden alten Damen nicht daran gedacht, die Terrassentür zu schließen. In Lillys Wohnzimmer ließen sich Ken Sibylle gleich auf das bequeme Sofa fallen. Zuerst dachte Jaimia daran, die beiden zu fixieren. Aber sie waren derart erschöpft, dass es gar nicht nötig war. Also stellte sie ihre

Tasche auf den Esstisch, um in Ruhe die Utensilien auszupacken, die sie für ihr Handwerk brauchte. Da war zunächst ein sehr kleines Fläschchen mit einer klaren Flüssigkeit. Es handelte sich um Rizin, das aus den Samen des Wunderbaums gewonnen wird, eines der wirkungsvollsten Gifte, das die Natur bereithält. Dann holte sie eine Einwegspritze und eine Injektionsnadel heraus, des Weiteren Handschuhe und Mundschutz. Mit dieser Substanz in Berührung zu kommen oder sie einzuatmen, konnte bereits zum Tod führen. Irgendetwas fehlte Jaimia noch, um ihr Werk zu zelebrieren. Ah ja, Musik. Die alte Dame hatte in ihrem Wohnzimmer solch eine herrliche altmodische Stereoanlage stehen. Sie drückte auf den Ein-/Aus- und auf dann den CD-Knopf und es erscholl ein Orchesterstück von Maurice Ravel. Die Frau hatte Geschmack.

Trotz des unvorhergesehenen Verlaufs war Jaimia zufrieden. Selbst wenn man sie identifizieren und mit den Morden in Verbindung bringen würde, könnte man ihr nichts anhaben. Als Diplomatin genoss sie Immunität. In keinem Land außer ihrem eigenen konnte sie in Gewahrsam genommen und vor Gericht gestellt werden.

Lilly langte es allmählich. Jetzt hatten sie das Auto mit Ken und Sibylle doch tatsächlich aus den Augen verloren. Vielleicht war diese Südseetante namens Anna Müller an der Kreuzung Richtung Bad Grund abgebogen. Es war nun sinnlos geworden weiterzufahren. Sie wendete vor dem Ortseingang von Clausthal-Zellerfeld und fuhr zurück. Cesarines Auto hatten sie auch schon seit zwei Minuten nicht mehr gesehen. Vielleicht hatte sie ja mehr Glück. Sollte sie sich doch mit ihnen herumschlagen. Gretel sah ihre Freundin an und bemerkte: »Wer weiß, wozu es gut ist, dass wir die Verfolgungsjagd aufgeben. Das glaubt einem sowieso kein Mensch: Zwei durchgedrehte Nackte und eine in die Jahre gekommene Südseeprinzessin rasen durch die Gegend und werden von einer ehemaligen Staatsanwältin verfolgt, die aussieht wie die Walküre. Und wir sind so blöd und rasen da auch noch hinterher.«

Als Lilly und Gretel aus dem Wagen in der Einfahrt ausstiegen, hörten sie laute Musik: *Bolero*. Die beiden Frauen schauten sich fragend an und gingen die Treppe zum Hintereingang hinauf, da Lilly in der Eile ihres Aufbruchs den Schlüsselbund nicht eingesteckt hatte. Sie betraten das Haus; die Musik wurde lauter. Mit einem ordentlichen Ruck drückte Gretel die Wohnzimmertür auf. Sie spürte einen Widerstand. Dann ein Schrei. Irgendetwas oder irgendwer musste hinter der Tür gestanden haben. Als diese ganz geöffnet war, wusste sie auch, was es war: die Südseeprinzessin, die nun mit dem Oberkörper auf dem Esstisch lag. Als beide Frauen im Zimmer standen, rutschte sie erst langsam, dann mit einem Ruck auf den Boden, drehte sich im Fall und lag nun auf dem Rücken. In ihrer Brust steckte eine Spritze. Lilly nahm wahr, dass die Frau eine Schutzmaske und Handschuhe trug. Erschrocken wichen die beiden zurück. Nun war auch Ken wieder wach geworden und stand mühselig von der Couch auf. Dabei plumpste Sibylles Kopf, der auf Kens Bauch gelegen hatte, auf das Polster. Auch sie war nun wach, stand auf und sagte: »Ach du meine Güte, warum bin ich nackt?«

Jetzt standen alle vier um Anna Müller herum. Lilly sagte: »Die Dame hat sich mit einer Spritze umgebracht.«

Ken durchschaute sofort, was los war und antwortete: »Die Spritze war sicherlich für uns gedacht.«

Es dauerte nicht lange, bis alle erfasst hatten, was vor sich gegangen war. Dann betrat Cesarine den Raum.

* * *

Gretel war hoch in den Garten gestiegen, um die Kleidung für Ken und Sibylle zu holen. Es war den beiden mittlerweile echt peinlich, so freizügig herumzulaufen. Die Wirkung der

Droge hatte inzwischen vollständig nachgelassen. Als Lilly bei der toten Frau den Puls fühlen wollte, sagte Ken: »Lassen Sie das. Nicht berühren. Wer weiß, um was für ein Gift es sich da handelt. Wir sollten lieber Abstand halten.« Lilly schreckte zurück. Der Mann hatte recht. Es gab Gifte, die auch in kleinster Dosis über die Haut übertragen wirken konnten. Schließlich fasste Ken zusammen: »Man hat diese Frau auf uns angesetzt, um uns umzubringen, nachdem es aufgrund des Überfalls in Duderstadt nicht geklappt hatte. Dem Ziegenbock sei dank. Vermutlich hat Anna Müller uns etwas ins Wasser getan, als wir in dem Restaurant in Torfhaus zu Mittag gegessen haben. Dann hat sie uns hierher verfolgt.«

»Und sie hätte euch kaltblütig umgebracht«, sagte Lilly, »wenn Gretel nicht gewesen wäre, die so kraftvoll die Tür geöffnet hat, dass sie auf den Tisch geflogen ist. Tja, wer andern eine Grube gräbt...«

»Und dabei hat sie sich die Spritze selbst verabreicht. Jedenfalls muss das ein außergewöhnlich starkes Gift sein, wenn es derart schnell wirkt«, sagte Ken. Und an Gretel gerichtet, die aus dem Garten zurück war, in gebrochenem Deutsch: »Danke, Sie haben mich Leben gerettet.«

»Man tut, was man kann«, gab Gretel schmunzelnd zurück.

»Ich denke, es bleibt uns nichts anderes übrig, als die Polizei zu rufen«, sagte nun Cesarine.

Lilly holte ihr Telefon vom Sideboard und gab eine Kurzwahl ein.

»Hallo, Herr Schneider, hier ist Lilly Höschen aus Lautenthal. Ob Sie es glauben oder nicht, bei mir liegt schon wieder eine Leiche im Wohnzimmer.«

Sie hatte auf laut gestellt, sodass alle mithören konnten.

»Fräulein Höschen, ich hoffe, das ist ein Scherz.«

»Aber nein.«

»Gut, Fräulein Höschen, Sie wissen ja, nichts anfassen. Wir kommen. Sind Sie noch in Gefahr?«

»Nein, die Gefahr ist mausetot.«

»Wer ist denn der Tote?«

»*Die* Tote. Es ist eine Frau, und zwar handelt es sich um eine Art Südseeprinzessin.«

»Haben Sie den Notarzt gerufen?«

»Herr Schneider, ich glaube nicht, dass ein Notarzt die Dame wieder zum Leben erwecken kann. Die Frau ist so was von tot.«

»In Ordnung, Fräulein Höschen. Wir kommen sofort. Und ich kümmere mich um einen Mediziner. Äh, wie ist die Frau denn gestorben? Wurde sie erschossen?«

»Nein, vergiftet.«

»Was war das für ein Gift?«

»Herr Schneider, ich bitte um Verständnis, dass ich noch keine chemische Analyse liefern kann. Darum müssen Sie sich schon selbst kümmern.«

Als sie aufgelegt hatte, sagte sie in die Runde: »Die Kriminalpolizei wird auch immer anspruchsvoller. Es reicht offenbar nicht mehr, einen Mord aufzuklären. Jetzt soll man schon genaue Angaben zur Todesart machen, am besten gleich mit Analysen und allem Brimborium, damit sie sich die Kosten für die Gerichtsmedizin sparen.«

Kommissar Schneiders Mitarbeiterin sah ihren Chef an und fragte: »Herr Schneider, Sie sehen aus, als ob Sie einem Geist begegnet wären.«

»Schlimmer, viel schlimmer, es war Fräulein Höschen.«

Dann rief er seinen Kollegen Kusch vom LKA an, der noch in Göttingen zu tun hatte, sich aber im Moment in Osterode aufhielt.

Schneider traf mit seiner Assistentin eine halbe Stunde später ein. Gleichzeitig kam auch eine Gerichtsmedizinerin. Hauptkommissar Kusch kam kurz danach, ebenso die Spurensicherung. Alle Zeugen mussten das Wohnzimmer verlassen. Als Kusch Sibylle, Cesarine, Ken, Lilly und Gretel sah, hätte er schreien können. Hier musste etwas oberfaul sein. Und es musste Zusammenhänge geben zwischen der Mettwurst-Leiche, dem Überfall in Duderstadt und dem heutigen Fall. Nachdem er den Tatort besichtigt und die Gerichtsmedizinerin befragt hatte, beschloss er, zusammen mit Schneider die Zeugen zu vernehmen. Gleich hier, damit wichtige Details nicht vergessen wurden und sich niemand eine Aussage zurechtlegen konnte. Lilly schlug vor, die Befragungen in der Küche vorzunehmen, aber auch dort war die Spurensicherung zugange. Also gingen Kusch und Schneider mit Lilly und Gretel hoch in den Garten. Dort standen noch die Kaffeetassen von vorhin. Um den restlichen Kuchen hatten sich die Wespen gekümmert. Immerhin gab es noch ein paar Flaschen Wasser in der Kühltasche. Cesarine, Sibylle und Ken mussten unten auf der Terrasse warten – außer Hörweite.

»Fräulein Höschen«, fragte Kommissar Kusch, »wer ist die tote Frau in Ihrem Wohnzimmer?«

»Das weiß ich nicht. Sie kreuzte vorhin hier auf und stellte sich als Anna Müller vor. Sie wollte zu Ken.«

»Aha, also war Ken schon vor dieser Dame hier?«

»Richtig, zusammen mit Sibylle.«

»Wann sind die beiden zu Ihnen gekommen?«

»Sie sind gar nicht zu mir gekommen. Meine Freundin Frau Kuhfuß und ich haben sie zufällig in Torfhaus getroffen. Dort haben wir dann beschlossen, zusammen hierher zu fahren.«

»Und wann tauchte die Tote auf?«

»Gar nicht. Als sie hier ankam, hat sie ja noch gelebt.«

»Sie wissen doch, was ich meine.«

»Ich kann leider keine Gedanken lesen, Herr Fusch.«

»Kusch. Ich heiße Kusch.«

»Wie auch immer, als wir hier ankamen, wurden Ken und Sibylle plötzlich verrückt und zogen sich aus. Und kurz danach kam diese Dame, die sich als Anna Müller vorstellte.«

»Entschuldigung, wie meinen Sie das, sie wurden verrückt?«

»So, wie ich es gesagt habe. In Torfhaus waren sie noch normal. Und als wir hier ankamen, waren sie völlig plemplem.«

»Wie hat sich das geäußert?«

»Nun, sie rissen sich die Sachen vom Leib und hörten gar nicht mehr auf zu lachen.«

»Haben sie vielleicht Drogen genommen?«

»Davon weiß ich nichts. Ken vermutet, dass Anna Müller, die er auch als Südseeprinzessin bezeichnet hat, ihnen heimlich Drogen verabreicht hat.«

»Gut, das müssen wir den Herrn dann selbst fragen. Und was passierte, als diese Frau hier war?«

»Sie überredete Ken und Sibylle, mit ihr wegzufahren. Ich wollte das aber nicht, weil sich die beiden in einem bedenklichen Zustand befanden. Aber schwupps... rannten sie die Treppe hinunter und stiegen in das Auto dieser Frau. Und die düste auch gleich los. Im selben Moment kam Frau Zicke-Sandelholz und fuhr ihnen hinterher. Und Gretel und ich fuhren Frau Zicke-Sandelholz hinterher.«

»Wohin?«

»Wir verloren ihre Spur hinter Wildemann und sind dann vor Clausthal-Zellerfeld wieder umgedreht. Und als wir hier ankamen, ertönte laute Musik in meinem Wohnzimmer: *Bolero*. Frau Kuhfuß hat dann abrupt die Tür geöffnet, und da lag diese Anna Müller auf meinem Esszimmertisch. Dann rutschte sie auf den Boden und war allem Anschein nach tot.«

»Und wo waren Ken und Sibylle?«

»Die lagen auf meinem Sofa und haben geschlafen. Sie wurden erst wach, als die Frau tot auf dem Fußboden lag.«

Schneider und Kusch sahen sich nachdenklich an.

»Also waren diese Anna Müller, Ken und Sibylle allein im Haus?«

»Ja. Offenbar wollte die Südseeprinzessin die beiden mit ihrer Giftspritze umbringen, was aber vereitelt wurde, als die Tür von Frau Kuhfuß ruckartig aufgestoßen wurde, wodurch die

Dame dann auf dem Tisch landete und sich ungewollt selbst die Injektion verabreichte.«

Kusch schüttelte mit dem Kopf und sagte zu Schneider: »Das ist mir alles zu wirr. Das versteht ja kein Mensch.«

Lilly mischte sich ein: »Die Antworten, die man bekommt, hängen immer von der Qualität der Fragen ab, die man stellt. Wenn Sie anders fragen würden oder mich einfach erzählen ließen, wären Sie auch nicht wirr im Kopf. Aber Sie lassen mich ja nicht ausreden, Herr Pusch.«

»Kusch, verdammt noch mal, ich heiße Kusch.«

»In meinem Garten wird nicht herumgebrüllt, Herr Wusch.«

Nun kam Schneiders Mitarbeiterin die Treppe herauf. Auf halbem Wege winkte sie den beiden Kommissaren zu. Sie gingen zu ihr.

»Was gibt es?«, fragte Schneider.

»Wir haben die Papiere der Toten gefunden. Sie hat einen Diplomatenpass. Es handelt sich um eine Jaimia Parker. Sie ist akkreditierte Botschafterin in Brüssel. Auch ihr Auto hat ein Diplomatenkennzeichen.«

»Ach du Scheiße«, stöhnte Kusch. »Eine tote Diplomatin im Wohnzimmer dieses alten Fräuleins, dazu ein undurchsichtiger Amerikaner und eine abgehalfterte Oberstaatsanwältin. Nicht zu vergessen diese Sibylle, die schon mal unter Mordverdacht stand. Drogen, Gift, eine verrückte Alte. Es ist zum Durchdrehen. Ich rufe erst mal meinen Vorgesetzten an, damit er sich beim Auswärtigen Amt schlaumacht, wie wir weiter vorgehen sollen. Diplomatische Verwicklungen sind hier vorprogrammiert.«

Schneider bewahrte Ruhe und schlug seinem Kollegen vor, Ken, Sibylle und Frau Zicke-Sandelholz in Goslar zu vernehmen. Hier am Tatort, wo die Spurensicherung mittlerweile alles unter die Lupe genommen hatte, drehte man wirklich durch. Außerdem konnte er Fräulein Höschen und ihre Freundin trotz aller Wertschätzung, die er für sie empfand, nicht länger um sich haben.

Aber auch in Goslar kamen die beiden Kommissare nicht wirklich weiter. Fest stand, dass Ken und Sibylle den Tod der Frau nicht verursacht hatten. Die vorläufigen Ergebnisse von Spurensicherung und Gerichtsmedizin ließen darauf schließen, dass die Dame sich versehentlich selbst umgebracht hatte, da sie nicht damit rechnen konnte, dass Frau Kuhfuß ihr die Tür ins Kreuz stoßen würde. Aber warum hatte diese Frau mit einer Giftspritze herumhantiert? Es war naheliegend, dass sie Ken und Sibylle umbringen wollte. Aber warum? Diese Frage wurde von den beiden Todeskandidaten nicht beantwortet. Ken gab an, die Frau schon einmal getroffen zu haben in seiner Eigenschaft als Vizepräsident der Security-Firma, die er vertrat. Das jedoch sei ein ganz normales geschäftliches Gespräch gewesen. Zu einer Zusammenarbeit war es nicht gekommen. Und Sibylle kannte diese Frau gar nicht. Auch Zicke-Sandelholz gab an, absolut nichts zu wissen. Kusch hielt ihr vor: »Sie vertreten Sibylle Schönborn, die unter Mordverdacht stand und dann selbst zwei Mordanschlägen ausgesetzt war. Sie haben einen Freund, dem man ebenfalls ans Leder will. Und Sie behaupten, nichts zu wissen. Ich bin doch nicht blöd.«

»Weiß man's?«, war ihre schnippische Antwort. Dann fügte sie hinzu: »So, meine Herren Hauptkommissare, jetzt ist Schluss. Die Zeugen Ken Bierman, Sibylle Schönborn und ich haben heute genug erlebt. Wir fahren jetzt alle nach Hause. Wenn Sie noch mehr Action brauchen, dann stellen Sie sich in die Fußgängerzone und singen.«

»Und wo bleibt da die Action?«, fragte Schneider schmunzelnd.

»Das werden Sie schon sehen, wenn Sie den Tomaten ausweichen müssen, die man auf Sie wirft.«

Man hatte die Zeugen nach Hause geschickt. Schneider und Kusch saßen noch lange zusammen und rätselten, wie sie weiterkommen könnten. Schneider sagte schließlich: »Diesen Fall werden wir hier in Deutschland nicht lösen. Ganz offensichtlich gibt es Mordaufträge gegen Sibylle und Ken. Und diese Aufträge kommen aus Amerika. Nur, dort können wir nicht ermitteln. Wir dürfen allenfalls die Kollegen dort um Amtshilfe ersuchen. Ob dabei etwas herauskommt, möchte ich bezweifeln.«

Schneiders Telefon läutete. Er nahm ab und hörte konzentriert zu. Dann informierte er seinen Kollegen: »Man hat in der Ferienwohnung, die Ken und Sibylle in Torfhaus gemietet hatten, eine Wasserflasche mit Fingerabdrücken der Toten gefunden. Und in besagter Flasche befindet sich nicht nur Wasser, sondern auch eine Droge, die eine extrem enthemmende Wirkung hat.«

»Dann ist klar, warum die beiden verrückt geworden sind, wie Fräulein Höschen sich ausdrückte. Die Frau ist dort eingebrochen und hat die Droge in die Flasche getan, um sie unfähig zu machen, sich zu wehren. Dann sind ihr aber Fräulein Höschen und ihre Freundin in die Quere gekommen.«

BROOKLYN, NEW YORK

Als die hünenhafte blonde Frau das Foyer von Timmons & Duke betrat, wäre der jungen Dame am Empfang fast der Telefonhörer aus der Hand gefallen. Die Frau musste inklusive ihrer zu einem Turm aufgesteckten Frisur an die zwei Meter groß sein. Einige Haarsträhnen hatten sich gelöst oder waren absichtlich so drapiert und hingen herunter. Gekleidet war sie in einen knallroten Hosenanzug mit einem weißen mantelhaften Überwurf, der beim Gehen hinter ihr her flatterte. Sie knallte eine Visitenkarte auf den Tresen, lächelte kurz und sagte: »Zu Mr. Timmons, bitte.«

Die beiden Wachleute, ein großer Schwarzer und ein kleiner dicker Weißer, schauten gespannt.

Die Empfangsdame versuchte zu lächeln und sagte: »Hallo, ich sehe, Sie haben einen Termin. Bitte fahren Sie mit dem Lift in die oberste Etage. Ich sage der Sekretärin Bescheid, dass sie Sie abholt.«

Als sie im Lift verschwunden war, sagte die Empfangsdame zu den Security-Männern: »Ist das nicht diese Schauspielerin, die in den Filmen immer mit dem Schwert kämpft und den Männern die Köpfe abschlägt?«

»Könnte gut sein«, meinte der kleine Weiße. »Wozu die allerdings Security braucht, ist mir schleierhaft. Vor der läuft man doch freiwillig weg.«

Cesarine sprach ein ausgezeichnetes Englisch mit deutschem Akzent. Sie hatte ein Semester in den USA studiert und ein Praktikum in einer großen Kanzlei absolviert. Außerdem lagen ihr Fremdsprachen.

Der etwas klein geratene Bernard Timmons, Präsident des Unternehmens, war beeindruckt von Aussehen und Auftreten Cesarines. Solch eine Frau als Bodyguard oder Angstmacherin wäre Gold wert. Was er sich allerdings in den folgenden zehn Minuten anhören musste, hatte noch niemand gewagt, ihm an den Kopf zu werfen. Wortwahl, Lautstärke, Mimik und Gestik seiner Gesprächspartnerin führten bei ihm nahezu zu einer kompletten Sprachlosigkeit. Als sie endlich schwieg, blieb ihm nichts anderes übrig, als zu erwidern: »Zwischen Ken und mir ist alles im Reinen. Bitte richten Sie ihm aus, dass es meinerseits zu keinen Irritationen mehr kommen wird. Ich werde ihm eine Abfindung zukommen lassen und wünsche ihm für die Zukunft alles Gute.«

Cesarine erhob sich, schaute das Männlein in seinem tiefen Ledersessel durchdringend an und nickte unmerklich. Als sie sich zum Gehen wenden wollte, erhob sich Bernard Timmons, um ihr die Hand zu reichen. Dabei sagte er: »Madam, sollten Sie jemals einen Job suchen, bitte lassen Sie es mich wissen.«

Vor der angeblich schalldichten Tür des Büros standen die Sekretärin und beiden Wachleute, die ganz beunruhigt zu lauschen versucht und überlegt hatten, ob sie nicht eingreifen sollten. Als Cesarine nun heraustrat, war auf ihren Gesichtern Erleichterung zu erkennen. Offenbar hatte der Präsident, der seinen Gast zur Tür begleitete, den Besuch unbeschadet überlebt.

DUDERSTADT

Ken konnte kaum glauben, was Cesarine getan hatte. Sie war ohne sein Wissen nach New York geflogen, um Bernard Timmons klarzumachen, dass es in seinem ureigensten Interesse läge, Ken endlich in Ruhe zu lassen. Offenbar war ihre Botschaft angekommen, denn ein paar Tage nach Cesarines Rückkehr erhielt er einen Auflösungsvertrag und einen Scheck in beträchtlicher Höhe. Er richtete sich darauf ein, in Deutschland zu bleiben. Um nichts in der Welt würde er seine Cesarine wieder verlassen. Angesichts seiner Ersparnisse, die er in den letzten Jahren angehäuft hatte, verzichtete er auf eine weitere Berufstätigkeit. Cesarine nahm sich einen Partner für ihre Kanzlei, damit sie mehr Zeit für Ken hatte.

Sibylle schloss endgültig mit ihrer kriminalistischen Vergangenheit ab, um ihren Mann bei Bedarf im Restaurant zu unterstützen. Bezüglich ihres Ausrutschers bei dem Gewerbeaufsichtsmenschen hörte sie nichts mehr. Hauptkommissar Kusch kam einfach nicht weiter. Sie hatte panische Angst gehabt, als der Tod der Südseeprinzessin untersucht wurde. Wären die Kriminalbeamten auf die Idee gekommen, mal in ihre Handtasche zu schauen, hätten sie die zwei Pistolen entdeckt, die sie aus dem Ziegenstall geholt hatte. Dann hätten die beiden Beamten bestimmt nicht lockergelassen. Aber Kriminalisten von ihrer Sorte gab es halt nicht viele. Auch die wahren Hintergründe des Überfalls im Restaurant mit der anschließenden Entführung Monikas blieben im Verborgenen. Die Täter gaben nicht preis, was ihr eigentlicher Auftrag gewesen war.

Jaimia wurde nach Freigabe ihrer Leiche in einem Zinksarg in den südlichen Pazifik geflogen und bekam dort ein Staatsbegräbnis. Um diplomatische Verwicklungen zu vermeiden, hatte das Auswärtige Amt bezüglich ihrer Identität eine Nachrichtensperre verhängt. Dem Staatschef und Kokosnussbauern wurde mitgeteilt, dass es sich um einen natürlichen Tod gehandelt habe. Man kondolierte formgerecht zu dem schweren Verlust, den der Staat mit ihrem Hinscheiden getroffen hatte.

Manfred genoss es, mit seinem Stiefvater nach all den Jahren wieder im Reinen zu sein und telefonierte ab und zu mit ihm. Auch bei Amadeus lief es gut. Er hatte mit der Stiftung in Amerika nichts mehr zu tun. Es gab keinen Grund, weshalb ihn jemand aus dem Weg räumen sollte. Frau und Kind waren zurück in Goslar, das Leben verlief in ruhigen Bahnen.

Lilly hingegen war es mittlerweile zu ruhig. Deshalb beschäftigte sie sich intensiv mit diversen Reiseplanungen und hatte zu diesem Zweck eine große Weltkarte auf ihrem Esstisch ausgerollt. Sie könnte ja mal eine Kreuzfahrt machen. Von der Südsee hatte sie bisher noch gar nichts gesehen, wobei ihr natürlich diese komische Südseeprinzessin einfiel, die neulich tot auf ihrem Tisch gelegen hatte. Als sie den Plan verwarf und sich nach anderen Zielen umsah, klingelte ihr Telefon. Es war Ken.

»Hallo, Ken, das ist ja eine nette Überraschung.«

»Hallo, ich hoffe, es geht Ihnen gut.«

»Natürlich. Allerdings ist mir im Moment etwas langweilig.«

»Vielleicht kann ich Sie etwas von Ihrer Langeweile befreien. Cesarine und ich hatten uns gedacht, Sie und die anderen Gäste, die den Überfall neulich miterlebt haben, noch einmal einzuladen, quasi als Entschädigung. Außerdem möchte ich mich bedanken. Wenn Sie und Gretel nicht gewesen wären...«

»Aber Ken, ich bitte Sie«, unterbrach Lilly ihn. »Das war doch eine unserer leichteren Übungen.«

Eine Woche danach saßen Ken, Cesarine, Gretel, Lilly, Antek, Amadeus mit seiner Frau Marie, Alma Louise mit Liebhaber Johannes sowie Sibylle und Manfred im Restaurant in Duderstadt. Die Verwandtschaft aus Hannover und Lautenthal hatte wegen anderer Verpflichtungen abgesagt. Ken hatte Manfred gebeten, ein grandioses Menü vorzubereiten. Das Personal war instruiert: Manfred saß heute von Anfang an mit an der festlich gedeckten Tafel. Es herrschte eine gelöste Stimmung. Amadeus und Antek durften nur nicht in die Richtung schauen, wo Alma Louise mit ihrem Johannes saß. Mit ihrer Garderobe hatte sie heute den Vogel abgeschossen. Ihren dreiviertellangen Rock aus unzähligen Schichten Tüll in Bonbonblau sah man zum Glück nicht, wenn sie saß. Aber auch das Oberteil war ein Hingucker. Es handelte sich um eine Art Leopardenfell aus Samt, eine Schulter war bedeckt, die andere frei. Antek sagte zu Amadeus und seiner Frau: »Das ist bestimmt die Uroma von Tarzan. Nur das Gesicht passt nicht dazu. Wenn man das an der Dachrinne anbringt, spart man sich den Blitzableiter. Da macht jedes Gewitter einen großen Bogen drum.«

Amadeus lachte lauthals los und Marie, die ihr Lachen unterdrückte, sagte: »Hört auf, so zu reden. Ihr blamiert uns noch.«

»Dir würde das Fell auch stehen«, sagte Amadeus zu Antek, »bei deinem knackigen Körperbau.«

»Knackiger Körperbau? Amadeus, muss ich mir Sorgen um meinen Arsch machen?«

»Du bist so ein Idiot, Antek.«

Marie war die Art der Unterhaltung peinlich. »Wenn ihr nicht sofort aufhört, setze ich mich woanders hin. Man muss sich mit euch schämen.«

Cesarine war heute in glänzender Stimmung. Alle Hürden waren nun überwunden. Sie genoss es, endlich den richtigen Mann an ihrer Seite zu haben und sich in einer illustren Schar von Menschen zu bewegen, die ihr offenbar wohlgesonnen waren. Zum Ausleben ihrer sarkastischen Ader reichten die wenigen Verfahren, die sie noch annahm.

Alma Louise redete auf Lilly ein: »Da fragte mich diese Frau, ob ich mal eine halbe Stunde auf ihr Baby aufpassen könne. Natürlich konnte ich das. Ich sagte ihr, sie solle mir die Gebrauchsanleitung auf den Kinderwagen legen. Da schaute sie mich an, als sei ich blöd und sagte, so etwas habe sie nicht. Na, da konnte ich natürlich auch nicht auf ihr Baby aufpassen. Woher soll ich denn wissen, wie das geht?«

Nun quatschte Johannes wieder irgendetwas auf Französisch dazwischen und Alma Louise fuhr ihm über den Mund: »Johannes, wenn du nicht endlich aufhörst, bringe ich dich um.«

Jetzt sagte Lilly: »Trinken Sie erst mal ein Glas von diesem köstlichen Wein. Danach können Sie ihn immer noch umbringen. Ich kann Ihnen diesbezüglich gern ein paar Tipps geben.«

Manfred erzählte von seinen ersten Zuchterfolgen: »Der Bock hat doch tatsächlich drei meiner Ziegen beglückt. Sie sind trächtig. Nur die Geiß, auf die es mir ankommt, scheint ihn nicht zu interessieren. Wenn man sich nicht um alles selber kümmert.«

Lilly mischte sich ein: »Manfred, glaubst du wirklich, dass die Ziege schwanger wird, wenn du es selbst versuchst?«

Natürlich hatte sie die Lacher auf ihrer Seite. Dann wurde das Dessert serviert. Es bestand aus einer Auswahl an Eispralinen mit verschiedenen Früchten und Soßen. Das war Noras Werk. Es sah verführerisch aus, aber niemand war mehr in der Lage, alles zu probieren. Die drei Gänge zuvor waren zu opulent gewesen.

Nach dem Dessert ging Antek zu Manfred und sagte: »Ich bin gar nicht mehr dazu gekommen, eine Eichsfelder Stracke zu kaufen. Meine Mutter wird enttäuscht sein. Hast du vielleicht welche im Haus, die du mir verkaufen könntest.«

»Nein, verkaufen tu ich sie dir nicht. Aber ich schenke dir gern eine. Komm gleich mit, damit wir es später nicht vergessen.«

Sie gingen zusammen in die Wurstekammer. Als Manfred den Bestand an Wurst sah – er hatte wirklich reichlich eingekauft, obwohl er nur einmal pro Woche etwas Rustikales anbot, kam er auf die Idee, jedem der Gäste eine Stracke zu schenken. Er nahm also einen Korb, füllte ihn mit diesen herrlichen Würsten, ging mit Antek ins Restaurant zurück und sagte laut: »Alle mal herhören: Hier ist für jeden eine original Eichsfelder Stracke. Bevor Ihr nach Hause fahrt, bedient euch bitte. Vielleicht habt ihr ja nach diesem eher feinen Essen morgen mal Appetit auf etwas Deftiges aus der Region.«

Er stellte den Korb auf den Tisch. Die Wurst verströmte einen verführerischen Duft. Man reichte den Korb sofort herum, und jeder bediente sich – außer Alma Louise. Dann ging die Tür auf. Herein kamen zwei Männer in schwarzen Lederjacken. Der Kleinere hatte ein Gesicht wie eine Kaulquappe, der Größere sah aus wie ein russischer Geldeintreiber. Manfred ging auf sie zu, grüßte freundlich und sagte: »Heute ist unser Ruhetag. Dies ist eine geschlossene Gesellschaft. Haben Sie unser Schild an der Tür nicht gesehen?«

Der mit dem Kaulquappengesicht antwortete: »Doch, aber wir müssten kurz mit dem Chef sprechen.«

»Das bin ich. Was gibt es denn?«

Er ging mit ihnen in den Nebenraum und setzte sich mit den beiden Typen an einen Tisch. Sie unterhielten sich eine Weile. Manfred hatte zunächst Schwierigkeiten, zu erkennen, worum es sich eigentlich handelte. Dann ging ihm ein Licht auf, und er flippte aus. Er sprang auf und schrie: »Ihr verfluchten

Schweinehunde! Macht, dass ihr rauskommt, sonst sperre ich euch in den Ziegenstall.«

Höchst erregt riss er die Tür zum Restaurant auf und brüllte weiter: »Schutzgelderpresser seid ihr! Wir sind hier weder in der Großstadt noch in Amerika. Ich zahle kein Schutzgeld. Aus Prinzip nicht. Da wohnt man schon auf dem Land und wird trotzdem nicht von der Mafia in Ruhe gelassen.«

Die beiden Typen taperten mit finsteren Gesichtern hinter Manfred her und gingen Richtung Ausgang. Amadeus und Antek waren aufgesprungen und bauten sich vor ihnen auf, jeder mit einer Eichsfelder Stracke bewaffnet. Der Lange riss Amadeus mit beiden Händen am Jackett und stieß ihn zur Seite. Jetzt kam auch Ken dazu und haute dem Kerl mit seiner Wurst auf den Kopf. Innerhalb von Sekunden entstand ein Gewusel aus mit Würsten hauenden Leuten. Besonders Gretel, die ihr finsterstes Gesicht aufgesetzt hatte, drosch auf einen der beiden ein, um Antek aus dessen Würgegriff zu befreien. Dabei rief sie allerlei Verwünschungen. Dann zog der Kaulquappenmann eine Waffe, die aber sofort auf den Boden fiel, weil Cesarine ihm mit aller Kraft ihre Stracke auf die Hand schlug. Letztendlich waren die beiden Männer überwältigt, und Lilly wählte die 110. Als die Polizei ein paar Minuten später mit zwei Funkstreifen eintraf, saßen die beiden Männer gefesselt auf Stühlen.

Der Einsatzleiter war letztes Mal auch hier gewesen und rief nun vorsichtshalber Hauptkommissar Kusch an, der mal wieder in Göttingen weilte und noch immer an den ungelösten Fällen knabberte, obwohl sie eigentlich abgeschlossen waren. Als er eine halbe Stunde später eintraf, konnte er sich gerade noch beherrschen, nicht laut loszuschreien. Beim Anblick von Lilly Höschen sagte er sich in Gedanken: *Wenn diese alte Schabracke mich heute wieder mit Pusch, Fusch oder Wusch anredet, werde ich zum Mörder. Ich unterbreche meinen wohlverdienten Feierabend und wo lande ich? In diesem Irrenhaus. Warum dürfen die überhaupt frei herumlaufen? Allen voran dieses alte Fräulein und dieser Dragoner Zicke-Sandelholz? Die sind doch vollkommen bekloppt.*

Zunächst redeten alle durcheinander. Dann klatschte Kusch in die Hände und rief: »Ruhe!« Plötzlich war es mucksmäuschenstill. Manfred wurde gebeten zu erzählen. Als er geendet hatte, fragte Kusch nach: »Sie haben mit Mettwürsten gegen bewaffnete Gangster gekämpft?«

Lilly grinste übers ganze Gesicht und sagte: »Eichsfelder Stracke, um präzise zu sein. Die schmeckt übrigens ausgezeichnet. Manfred, gib Herrn Musch doch auch eine mit.«

Sie hatte es wieder getan. Das war zu viel. Der Hauptkommissar drehte sich um, trat aus der Tür hinaus, füllte seine Lunge mit Luft und brachte einen gellend lauten Schrei heraus, der so lange anhielt, bis auch das letzte Quäntchen Luft aus seinem Körper herausgebrüllt war. Alle im Restaurant schauten sich fragend an. Selbst den Ziegen in dem fünfzig Meter entfernten Stall wurde es unheimlich. Sie antworteten mit lautem Gemecker.

Von Helmut Exner
sind bereits folgende Titel erschienen:

WALPURGISMORD

SAUSCHLÄGERS PARADIES

DIE SEGEBERG-CONNECTION, DIE LÜBECKER

MARZIPANLEICHE UND DER HARZER ROLLER

LILLY HÖSCHEN UND IHR GESPÜR FÜR MORD

DIE TOTEN VON SILBERNAAL

MÖRDERISCHE HARZREISE

LILLY FÄHRT MIT DEM ZEPPELIN ZUM MOND

FAMILIENTREFFEN MIT LEICHE

ALFIES BESTATTUNGSLADEN

MORDSERBE

DAS BÖSE ÜBER DER KLEINEN STADT

VON ALTEN BÜCHERN UND LEICHEN IM KELLER

IM KALTEN TAL

BRATKARTOFFELN MIT CHAMPAGNER ...UND EIN BISSCHEN MORD

SAUSCHLÄGERS JAMMERTAL

ZEHN KLEINE LEHRERLEIN

FAHR ZUR HÖLLE, VOGELMANN

LILLY UND DIE LUSTMÖRDER

LILLY UND DER VERLORENE SOHN

RIO UND DIE MÖRDERISCHEN BILDER

sowie der begleitende »Reiseführer«

AUF DEN SPUREN VON LILLY HÖSCHEN:
EINE TATORT-TOUR DURCH DEN HARZ

TAMMO - WUNDERKIND WIDER WILLEN

LILLY UND DER RACHEENGEL

Der Autor ist erreichbar über:

HELMUTEXNER.DE
HARZKRIMIS.DE
FACEBOOK.COM/HELMUTEXNERAUTOR